飛び降りようとしている女子高生を助けたらどうなるのか？ 2

岸馬きらく

イラスト／黒なまこ

キャラクター原案・漫画／らたん

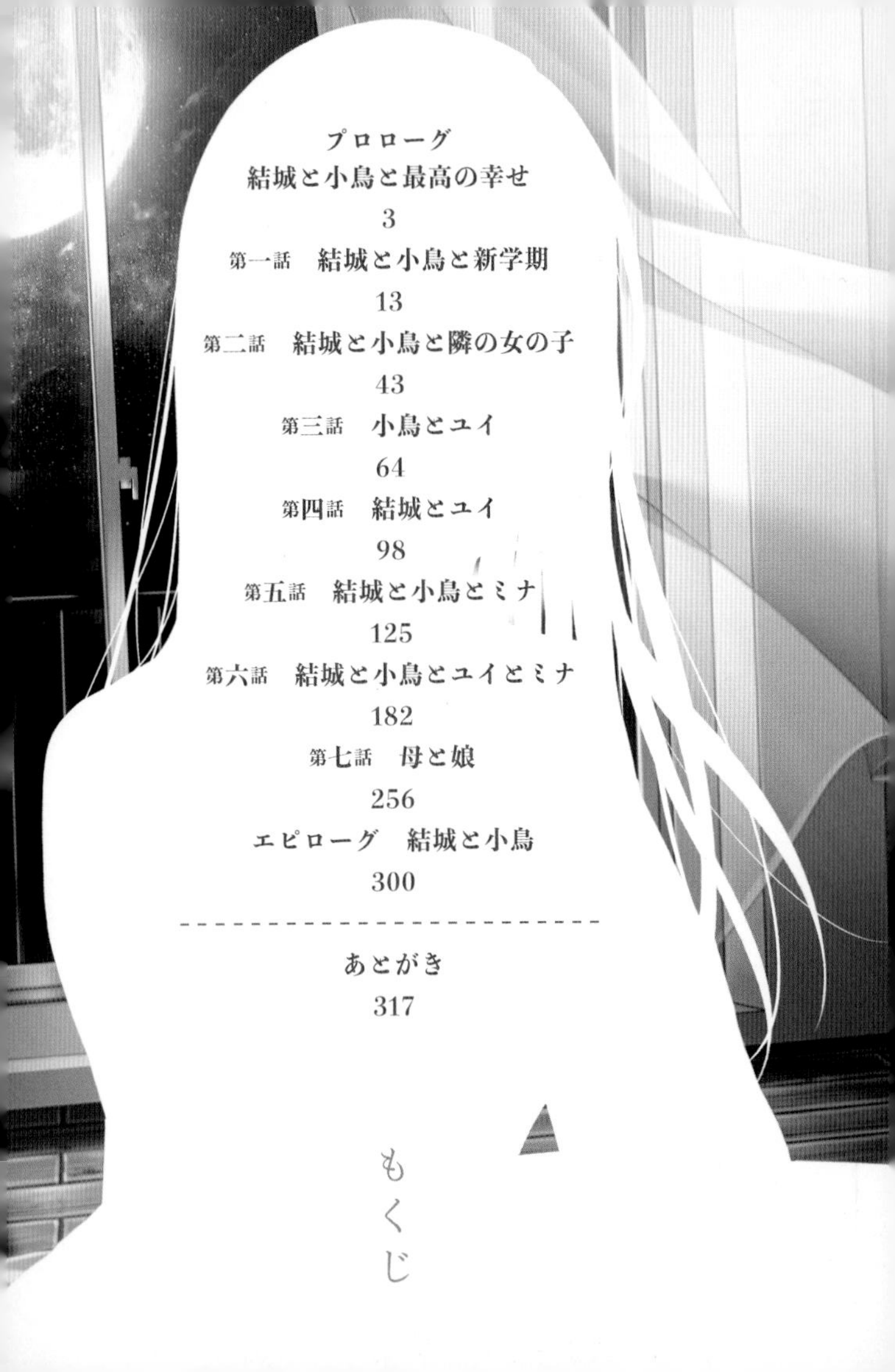

もくじ

「おかえりなさい。結城さん」
清《し》水《みず》小《こ》鳥《とり》
結城の彼女。一時は飛び降りようとするほどに追い込まれていたが、現在は彼氏の結城と楽しく毎日を過ごしている。

結《ゆう》城《き》祐《ゆう》介《すけ》
小鳥の彼氏。相変わらず仕事に勉強にと忙しいが現在幸せの真っ最中。
「いつでも来てくれよ」
堀《ほり》井《い》ミ
ユイの母親。出
はアメリカ。国内
数のゲーム制作会
の社長で、一年中
事で動き回っている

飛び降りようとしている女子高生を助けたらどうなるのか？2

岸馬きらく

角川スニーカー文庫

22805

Illustration：黒なまこ・らたん
Design Work：伸童舎

プロローグ　結城と小鳥と最高の幸せ

「……ふう。今日は仕事多かったな」

高校二年生の結城《ゆうき》祐介《ゆうすけ》がため息と共にそう呟《つぶや》いたのは、仕事からの帰り道である。

時刻はすでに二十二時を過ぎ、周囲は真っ暗だ。

今日の結城の仕事は親戚《しんせき》の経営する工場の手伝いである。

忙しい時期などは今日のように帰りが遅くなることもあるが、時給で考えると普通のバイトではまずありえないような額になっているので、結城としてはありがたい話である。

さて、そんな世のサラリーマンたちのような働きっぷりで疲労が全身に行きわたっている結城だが、その足取りは自然と軽かった。

（なにせ俺には待ってくれてる子がいるからな!!）

口元を緩め、時々謎の軽快なステップなども交えつつ帰り道をしばらく進むと、住んでいるアパートの前にたどり着いた。

アパートの階段を軽快に一段飛ばしで上り、自分の住んでいる部屋の前に行く。

　そして、ポケットから鍵《かぎ》を出し扉を開けようとしたその時。

　結城は今自分が上がってきた階段を、見知らぬ少女が上がってきたのを見た。

（……あれ？）

（あんな子、このアパートにいたっけ？）

　何せ容姿がものすごく目立つ。

　鮮やかな金色の髪と透き通るような碧眼《へきがん》の十歳に満たないくらいの少女である。

　しかもその少女は結城の隣の小鳥《ことり》の家、さらにその一つ隣に自分で鍵を開けて入っていったのである。

「しかも、かなりご近所だったのか……」

　全く今まで気づかなかった。

「まあ、あの子小学生だろうから、俺と外に出る時間被《かぶ》らないかもな……まあそんなことはさておき」

　結城は改めてドアに鍵を差し込んで開けると、勢いよく扉を開ける。

「ただいま!!」

　そう言った結城を温かい明かりがついた玄関が迎えた。

　なにやらいい匂いもしてくる。

「おかえりなさい。結城さん」

そう言って現れたのは黒髪の少女、清水《しみず》小鳥である。隣の部屋に住む結城の彼女だ。制服の上からエプロンをつけている。普段からこうして朝晩のご飯を作りに来てくれている。

　エプロン姿と優し気で整った容姿が相まって、見るだけで結城の体は疲れが抜けていくような温かさに包み込まれる気がした。

（……ああ、これだよこれ）

　こうして仕事から帰ってきて玄関で出迎えられるのはもう何度も経験したが、それでも嬉《うれ》しさに口元が緩んでしまう。

「なあ、小鳥」

「どうしました？」

「幸せって何だろうな」

　急にどうしたんですか？　と小首を傾げる小鳥。可愛い。

「まず、簡単に思いつくのは『仕事をしなくても裕福に暮らせる状態』だけど、そりゃ、働かずに遊んで暮らせたら最高だよな。だけどそれってホントに幸せなのかな？」

　結城は真剣な表情で続きを言う。

「例えば、俺のおじいちゃんは農業を営んでたんだけど、俺が十歳の頃に癌《がん》で入院してそのまま仕事に戻ることなく死んじゃったんだよな。でも、おじいちゃんがいつも病院のべッドの上で言ってた言葉は『よくなったら、また土イジりてえなあ』だったんだよ。考えてみれば、世の億万長者たちも働かなくてもいいはずなのに、人並み以上に勉強して活動的に働いてるし。人間っていうのは、どうしても働いていないと人生の充実を感じられない生き物みたいなんだよ」

「はあ」

「でも、じゃあ働いてさえいればいいかって言うと、それもまた違うだろ？　たとえ好きなことでも働けば疲れるし。それに働いてばっかりで好きな人との時間を蔑《ないがし》ろにして孤独になったら本末転倒だしな」

「それはそうですね」

「だから、『しっかり働いて、仕事が終わったら好きな人と一緒に心休まる時間を過ごせること』、これが幸せだと俺は思うんだよ。んで、俺は今、勉強とバイトをクタクタになるまで頑張って、帰ってきたらこうして最高に可愛くて優しい女の子がご飯作って出迎えてくれてるわけだな」

　そして結城は『ドヤッ!!』という効果音がつきそうな顔で言う。

「つまり。俺は今、『最高に幸せ』だと思うんだが、どう思う小鳥？」

「そうですね、今日は野菜炒《いた》めと生《しょう》姜《が》焼きですよ」

　笑顔で見事にスルーされてしまった。

「うーむ……」

「どうしました？　生姜焼きの気分じゃなかったですか？」

「いや、そんなことはないぞ。小鳥が作る生姜焼きは世界一美味《うま》い!!　最後の晩餐《ばんさん》があったら確実にメニューに入れておきたいと思ってる。いつも、ありがとうな!!」

「ありがとうございます。服はポッケの中身を忘れずに出しておいてくださいね」

小鳥は再び笑顔でさらりとそう言うと、スタスタと居間の方に歩いて行った。

ちなみに今の笑顔は可愛かった。

非常に可愛かった（大事なことなので二回言った）。

「ふーむ。しかし……」

結城は腕を組んで唸《うな》った。

（手強《てごわ》くなったな、小鳥のやつ）

ちょっと前までは、こういうことを言うといちいち照れて顔を真っ赤にしてくれたのに。

その様子が可愛かったのである。

非常に可愛かった。

ものすごく可愛かった（大事なことなので何回でも言う所存）。

「まあ、慣れってあるよな……そんな毎回ドキドキもしてられないし」

仕方のないことと思いつつも、ちょっと拗《す》ねたい気分になる結城であった。

◇

生姜焼きと野菜炒めは非常に美味《おい》しかった。

やっぱり小鳥の料理は最高である。特に味付けが濃かったり奇抜だったりするわけでもないのだが、食べると落ち着く。

小鳥は空になった皿を手際よく片付けると、冷蔵庫からデザートの手作りの牛乳プリンを取り出した。

「はい、どうぞ結城さん」

「ああ、サンキュー」

甘すぎずサッパリとした味わいのこれは、結城の好物である。

小鳥は結城の前にデザートを置くと、そのまま皿洗いを始める。

これが二人のいつもの習慣だった。

前に一度手伝おうとしたのだが、小鳥が来るまではほぼ全てコンビニ弁当やカップ麺《めん》で済ませていた結城は、見事に手を滑らせ皿をクラッシュしてしまい（しかも二度も）、

『あの……結城さんは休んでてもらって大丈夫ですよ。お仕事で疲れてるでしょうし……あはは』

と本気で同情した声で言われてしまい、この件に関しては小鳥担当大臣に全て一任することを決めた。

あの時の小鳥の可哀そうなものを見る目は来世まで忘れられそうにない。

「〜〜♪」

小鳥は綺麗《きれい》な声で鼻歌を歌いながら洗い物を片付けていく。

非常に手際がいい。結城としては正直いじけたくなるくらいの差があった。

あっという間に洗い物を済ませると、小鳥がテーブルの前に戻ってくる。

「あれ？　結城さん。デザートも食べずにどうしたんですか？」

「いや……小鳥には世話になってばっかりだなあと思ってさ」

正直小鳥がいなくなったら生活していけなそうだ。ありがたいし、少し申し訳なくなる。

「結城さんは私の分も食費を出してくれてるじゃないですか、気にすることないですよ」

「そうかなあ」

（まあ、せめて存分にありがたみを噛《か》みしめるとするか……）

そう思って、スプーンを手に取った結城。

そこであることに気づいた。

「あれ、プリンの量がいつもより多いな」

「そうですか？」

透明なガラス皿によそわれたプリンの量が、いつもの倍くらいあったのである。

普段から甘いものを取りすぎるのはよくないからと、いつもは小鳥が量をセーブしてよそっていたはずだが。

「ああ、そういえばさっきからちょっと機嫌いいよな。皿洗いの時だって、この前大谷《おおたに》のやつと見てたアニメの歌を口ずさんでいたし」

「そ、そんなことないと思いますけど……」

小鳥はそっぽを向いて髪の毛をいじり始めた。

あ、これ恥ずかしいから何か誤魔化そうとしてるな。

「……あれか。もしかしてさっき玄関で言ったこと、喜んでくれてたのか？」

軽くスルーされた感じだったが、ホントは嬉しくて照れ隠しにリアクションが薄かったということだろう。

その証拠に、こちらの方に向きなおった小鳥は照れくさそうに顔を赤らめていた。

「ふふっ、そうかそうか。それにしても、こんなに分かりやすく機嫌よくなってくれるなんてな。言ってよかったよ」

なんとも可愛らしい話である。

「……むー」

柔らかそうな頬をぷっくりと膨らませる小鳥。

はい可愛い。

「……結城さんのバカ」

小鳥はそう言うと、結城の肩に赤くなった顔をグリグリと押し付けてきた。

「ちょ、やめろってくすぐったいから」

止めろとは言いつつも、肩から伝わる小鳥の体温が心地よく、結城は振り払うようなことはしなかった。

なんだったら、あと一時間こうしてくれていたっていいくらいである。

結城にとっては、こうして小鳥と何でもない戯れをしている時間が何よりも大切だった。

「……ねえ、結城さん」

「どうした？ 小鳥」

小鳥は結城の腕に顔をうずめたままのこもった声で言う。

「私も今……幸せです」

「……そうか」

「……はい」

そのまましばらく、心地よい静寂が二人の間に流れる。

聞こえるのは時々アパートの前を通る車の音だけ。だから小鳥の息遣いや、少し高くなった自分の心音が直《じか》に伝わってくる。

……いやほんと。

（一生この時間が続いてくれないかな……）

結城は割と本気でそんなことを思った。

しかし、机の上に置かれた時計はゆっくりとだが、確実に時間を進めている。

見ればちょうど零時。今日が終わったところである。

「ああ、夏休みも終わりか」

そう、ちょうど終わった今日は夏休み最終日。

夏休み前に色々と……本当に色々とあったが、それもこの休みの間にひとまず落ち着き、こうしてバイトと勉強に精を出しながら、小鳥と過ごす日常が戻ってきていた。

明日は始業式、二学期が始まる。

そして、小鳥が結城の学校に転校して初めて登校する日でもあった。

第一話　結城と小鳥と新学期

始業式の日でも結城《ゆうき》は相変わらず一番乗りで教室に着いた。

一緒に来た小鳥《ことり》は、新しい担任と一緒に色々と準備をしにいったので、結城はいつも通りに自分の席に着いて勉強を始めた。

しばらくすると、教室のドアが開く。

「新学期早々から熱心なことね」

参考書から顔を上げるまでもなく、女ながらに芯《しん》のあるこの声は唯一の女友達である大《おお》谷《たに》翔《しょう》子《こ》のものである。

（夏休みの間は会わなかったから一か月ぶりくらいか）

元々、学校ではよく話すが、特に用事が無ければ放課後に遊んだりする関係ではない。

夏休みに入ってからは、結城は勉強と仕事で、大谷は夏に開催される即売会とやらの準備で互いに忙しく、何度か小鳥のことについてメッセージのやり取りをしただけだった。

結城は参考書から顔を上げて、大谷に返事をしようとした。

「久しぶりだな大谷……」

その時。

衝撃的なものが目に飛び込んできた。

「ん……？」

「……あの、どちら様で？」

「寝ぼけてんの？　不本意にも一年の時からずっとアンタの後ろの席の大谷翔子よ」

確かにその声や仕草は大谷なのだが……。

何が起こったのかを一言で言うなら「大谷激ヤセ」である。

圧倒的な美人がそこにいた。

元々、顔立ちは整っていた。だが今は、余計な肉が顔から消え去ったことにより輪郭がキュッと引き締まり、圧のある目つきはクールで知的な大人びた魅力に転じていた。さらに、肉が落ちたのは主に腹回りや顔であり、ムッチリとしていた胸部や臀部《でんぶ》の肉は質感をそのままに引き締まっているのである。

髪も少し伸び、コンタクトにしているのか眼鏡も取っている。それがより、可愛いよりも綺麗な印象の顔立ちを際立たせていた。

（いやマジで、誰だよお前!!）

その様は、スタイル抜群のグラビアアイドルと、クールビューティ系の女優のいいとこ

ろを掛け合わせた反則級の存在と言っていい。

前々から痩《や》せれば凄《すご》い美人になるだろうなあ、などと思っていた結城だったが、さすがにこれは予想外である。

結城が驚きのあまり大口を開けてポカンとしていると、大谷は小さくフッと笑って言う。

「それで……ごらんの通り。ちょっとイメチェンしてみたんだけど？」

「ちょっと？」

おかしい、俺の知っているちょっとと違う。

「ご感想は？」

「え、いや、その、ビックリしたわ」

「そんなのはアンタのアホ面見れば分かるわ。どうビックリしたのかを聞いてるのよ」

「……それ言わないとダメなのか？」

「ご、か、ん、そ、う、は？」

大谷が手に持っている男と男がくんずほぐれつしている小説の角で、結城の頰をグリグリとしてくる。

「いだだだだ、い、いや、お前にそういうこと言うの正直恥ずかしいんだけど……」

ぎろりとコンタクトを入れた冷たい目で睨《にら》まれる。

はい、すいません観念しました。

「……あれだ、うん。綺麗すぎてビックリしたよ」

結城が素直にそう言うと、大谷は満足そうに頷《うなず》いた。

「そう……ありがと」

大谷はそう言って結城の後ろの席に座ると、そのまま手に持っている本を広げて読書を始めた。

見た目は大きく変わったが、その様子がいつもの大谷らしくて少し安心する。

「……しかし、驚いたな。なんでまた？」

「別に……気分転換みたいなもんよ」

大谷は本から顔を上げずにそう言った。

「そんなもんか」

そう言えば前に藤井《ふじい》が、女の子は気分転換と称して髪型やメイクを弄《いじ》ったりピアスの穴を開けたりすると言っていたな。

「でも、俺の言ってた通りだったな。最高に美人になったぞ」

結城は大谷に前々から「お前痩せたら超美人になると思うぞ」と言っていたのである。

「あら？　ストレートに褒められると嬉《うれ》しいものね」

「俺はこういうことで嘘は言わないしな。まあ、小鳥には敵《かな》わないけどな!!」

ベジン!!

「余計な一言は言わんでいいのよ、この銀河級馬鹿」

大谷が放ったＢＬ本による容赦ない一閃《いっせん》が、結城の顔面に直撃した。

「ひでぶっ⁉」

◇

昼休み。

結城はいつも通り、自分の机に弁当を広げた。

当然、小鳥の手作り弁当である。

「あれ、結城。小鳥さんがウチに転校してくるの今日よね？」

大谷もいつも通り購買のパンを食べながら言う。

「ん？　そうだけど」

「いや、アンタのことだから昼休みになったら、鼻息荒くしながらだらしない顔してあの子のところに飛んでいくかと思ったんだけど」

「まてまて、どんな印象だそれは」

「そう？　アンタのことだから毎日バイトの帰りとかは、小鳥さんの待ってる家に一刻も早く帰るためにニヤケ面して軽快なステップ踏みながら小走りしてそうだけど」

「え、マジで？　何で知ってんの？」

どこかのタイミングで見られたのだろうか？　バイト先は大谷の家とは逆方向だったはずなのだが。

「……」↑（心底残念なアホを見るときの表情）

「なんで、いつも藤井のやつに向ける目で俺を見てるんだ？」

「……予想通り過ぎて呆《あき》れてただけよ。まあそんな事は置いておいて」

大谷はカツサンドを食べ終え、もう一つの昼ごはんであるカレーパンの包みを開けながら言う。

「余計なお世話かもしれないけど、アタシは少し心配だわ。上手《うま》くやれるかしらね、あの子」

「ああ」

　大谷が何を言いたいのかすぐに分かった。

　小鳥は育ってきた環境が特殊であるため、前の学校でも浮いていた。その異様さを周囲が恐れてすぐに収まったとはいえ、いじめの対象にもなったことがある。

「そうだな。俺もそこを心配してないと言えば嘘になるけど……」

　結城はあの一連の事件を通して小鳥のことを深く知ることができた。だからこそ、思うのである。

「案外、大丈夫だと俺は思うんだよな。苦戦はするかもしれないけど、小鳥は本当は誰よりも芯の強い子だから。逆に俺が出向いたりしちゃったら、気を遣ってクラスメイトと話す時間無くなるだろ？」

　ハッキリとそう言った結城の目をジッと見て、大谷は少し表情を緩めた。

「……そう。信頼してるのね。でも、何か抱えてそうだったら、話聞いてあげなさいよ」

「おう、それはもちろん。これでも家ではずっと一緒にいるからな。小鳥に悩みがあったりするときはすぐに分かるぜ!!」

「アーハイハイ、シアワセソウデスネー」

　大谷がどこか遠い方を向いて、カレーパンを頬張り出した。

　なぜ呆れたような顔をしているのか、結城にはサッパリ分からなかった。

「まあ、だからそっちの方は心配してないんだけどな……」

「何か他に心配事でもあるの？」

「いや、ほら。小鳥って世界一可愛くていい子じゃん？」

「世界一かは知らないけど、そうね」

「しかも、ウチって女子の方が少ないだろ？　だからさー、色んな男に言い寄られるんじゃないかと、むしろ小鳥をめぐって男子たちが戦争になるんじゃないかと心配で心配で」

「アー、キョウモ、カレーパンガオイシーワーネー」

見事にスルーされた結城であった。

◇

授業が終わった後、結城は玄関の前に置いてあるベンチに座った。

携帯を取り出してメッセージを送る。

『授業終わった。今玄関のところいる』

すぐに小鳥から返信がきた。

『私も、もうすぐ終わります』

シンプルなメッセージである。絵文字などは一切ない。

つい最近まで携帯を持っていなかった小鳥にとって、メッセージアプリはただの連絡手段である。

『あいよ』

結城も特にＳＮＳを使ってお喋《しゃべ》りをするタイプの人間ではないので、シンプルに返信した。

玄関前のベンチに座り参考書を広げる。手に持っているのは三年生でやる範囲のものだが、結城はすでに何度も通読していた。

（数列って、結構解いてて楽しいんだよな）

そんなことを思いながら、頭の中で問題を解いていく結城。

ちなみに、それを大谷に言ったら「アタシはΣ《シグマ》を見ただけで虫唾《むしず》が走るわ」と言っていた。前世で親を総和記号に殺されたのではないかというような憎しみの籠《こ》もった目だった。

しばらくそのまま参考書を読んでいると。

「……結城さん」

「ああ」

小鳥が目の前に立っていた。

朝も見たが、結城の学校の制服が非常に似合っている。前のお嬢様学校の制服は、黒を基調とした落ち着いた気品のある感じでそれも小鳥のイメージにぴったりだったが、今着ているオーソドックスな紺色のブレザーも健康的な感じがして非常にいい。

結城はベンチから立ち上がると、小鳥に言う。

「よし、帰るか」

「はい」

結城は参考書をバッグにしまって、小鳥と並んで歩き出した。

「それで、クラスの方はどうだった？」

結城が何気なくそう尋ねると。

「……ええと」

小鳥は少しだけ間を空けてから、笑顔になって言う。

「ええ、皆さんいい人でしたよ」

「……そうか」

小鳥は自分の髪をいじっていた。

つまりまあ、そういうことなんだろう。

「なあ、今日はバイト始まるの少し遅いし。せっかくだから、これから外で食べないか？　ご馳走《ちそう》するよ」

「え？　はい」

小鳥は不思議そうな顔をしてそう言った。

◇

ご馳走をすると言った結城だが、だからと言って高校生の結城にオシャレな高級フレンチなどをご馳走するほどの経済力は無いため、近くのファミレスにてのディナーデートとなった。

「俺、この海鮮丼定食で。小鳥は？」

「えーっと、じゃあ私は、これで」

そう言って、小鳥の細い指が差したのはホットケーキセットだった。

「いつもそれだよな。いいのか？　晩御飯それで」

「はい。これがいいんです」

店員は結城たちの注文を聞くと、カウンターの方に引っ込んでいった。

「医者になったら、こういう時にもうちょっと高いところ連れていけるかな？」

「そんな……私はここで十分ですよ結城さん」

小鳥は恐縮したように手を横に振る。

まあ、そういう子だからな。会った時よりはだいぶマシになったが、他人に何かをしてもらうのが苦手なところは変わっていない。

「……でも、そうですね」

しかし、小鳥は少し考えるように俯《うつむ》くと、顔を上げて。

「せっかくなので、楽しみにしてますね」

そう言って笑った。

うん。やっぱり、まだ遠慮しながらも人に甘えることができるようになった。

とはいえ、それはまだ結城や親しい人に対してだけである。

「……それで、小鳥。何かあったのか？」

「え……」

結城の言葉に、小鳥は驚いたように目を見開く。

「俺の気のせいならそれでいいけど、なんか悩んでそうだったからな」

「……」

小鳥は少し目を泳がせていたが、やがて深く息を吐いて言う。

「結城さんには、分かっちゃうんですね」

「ああ、いつも小鳥のこと考えてるからな」

「そ、そうですか……」

顔を赤くする小鳥。

……そうやって嬉《うれ》しそうにされると、こっちも顔が熱くなってくるな。

「でも、ホントに大したことではないんですよ。結城さんにワザワザ相談するようなことでは……」

結城は小鳥の手に自分の手を重ねた。

「あんとき言っただろ。俺はお前のそういう申し訳なく思う気持ちは無視することにしたんだ」

「……」

そして、小鳥の目を真っすぐに見つめて言う。

「俺は俺の都合でお前の助けになりたい。だから、話してくれないか？」

「……」

しばらく沈黙があったが、結城の手が柔らかい感触に包まれた。

小鳥が結城の手を握ってきたのである。

「ありがとうございます……じゃあ、少し聞いてもらってもいいでしょうか？」

「ああ、いくらでも話してくれ」

「はい。と言っても、ホントに大したことではないんですよ。クラスの皆さんも優しく迎え入れてくれましたし」

そう言って、小鳥は今日のことを話し始めた。

小鳥が朝のホームルームで、クラスメイトの前で挨拶《あいさつ》した時は特に問題は無かったらしい。

むしろ、時季外れの転校生ということでクラスは盛り上がったようである（盛り上がったのは小鳥が超美少女だったからだと思うが、そこについては後で詳しく聞くことにした）。

授業の進行状況などが分からない小鳥に対して親切に教えてくれたし、空いた時間に色々と話しかけてくれる人も多かったようである。昔ならいざ知らず、今の小鳥は愛想もいいし受け答えも丁寧で聞き上手だ。すぐにクラスメイト達から受け入れられそうだった。

しかし。

午前中最後の授業で問題が発生する。

四時限目の授業は体育だった。当然運動用のジャージに着替えるわけだが……。

「ああ、なるほど」

結城はそこまで聞いて合点がいった。

「そうだよな。傷跡、見せないで着替えるのは難しいよな」

「……はい」

クラスの女子たちは、小鳥の体を見てどう思っただろうか？

高校生にもなれば、特に運動系の部活に入っている子なら、大怪我やそれに伴う傷跡の一つくらい見たことがあるだろう。

しかし、小鳥のそれはそんな次元のものではない。

生々しく全身に刻まれた痣《あざ》や傷跡。もう新しい傷をつけられることはなくなった。それでも小さい頃から長年に亘《わた》って何度も何度も治りかけの上から付けられてきた傷跡は、一か月やそこらで消えるものではない。一生残るものだってあるだろう。

普通に生きてきたクラスの女子たちにとっては、本来出合うことはありえない本物の暴力の跡である。

そして当然のことながら、別のところで着替えていた男子にもその話は伝わることとなった。

優しい美少女転校生は、あっという間に『得体のしれない存在』に変わってしまったのである。

幸いなことに、無視されたりとか心無いことを言われたりとかいうことはなかったようだが……。

「まあ、そうだな。ちょっと微妙な雰囲気になるよな」

「はい。皆さん、私とどういう風に話したらいいか測りかねてるようです……できれば、クラスの皆さんとは仲良くしたいのですが、私から無理に話しにいっても困らせてしまうと思うと……」

そう言って俯く小鳥。

（やっぱり、小鳥は相手のことを考えすぎるとこあるな）

結城はそう思う。

気にすることはない、堂々としていればそのうち皆忘れる……などと言っても意味はないだろう。気にしてしまうものは気にしてしまうし、そうやって相手のことを考えられること自体は小鳥のいいところである。

だから結城は、できるだけ優しい声で言う。

「そうだな……たくさんじゃなくてもいいから、ホントに仲のいい友達ができるといいな。小鳥は迷惑って思っちゃうタイプだけど、勇気出して声かけてくれたら嬉しいもんだったりするぞ」

「そうですかね……」

「ああ、小鳥みたいな可愛い子ならなおさらだ。あ、でも、できれば男子とは……いや、なんでもない」

結城の言葉に小鳥が首を傾げる。

「男子とは……なんですか？」

「その、なんだ。別に話すなとは思わないんだけどさ。男子たちに変にちょっかい出されないか心配で……いや、ホント忘れてくれ」

「……ふふっ」

小鳥は少し吹き出して笑った。

「嫉妬《しっと》してくれるんですね」

「……いや、ホント忘れてくれよ」

「結城さん、可愛いですね」

小鳥はニコニコしていた。

「……ぐぬぅ」

ものすごく恥ずかしい……が、小鳥の細い指が髪を撫《な》でる感触が心地よいので振り払いたくない。そんな複雑な心境になる結城であった。

◇

翌日。

学校中にチャイムが鳴り響く。昼休みの始まりの合図である。

清水《しみず》小鳥は一年三組の教室で一人、自分の席に座ったまま周りの様子を眺めていた。

教師が授業を終えると同時に、学食に駆け出していったり友人席に移動していったりと思い思いに行動するクラスメイトたち。

誰も彼も楽しそうだった。

普通の学校の風景だ。

だからこそ、自分のような人間が彼らと関わっていいものか。などということを考えてしまう。

少なくとも普通の育ち方はしていないというのは分かっている。原因である父親のことを恨んでいるかと言えば、もうそういう気持ちは無い。むしろ、その父親がそうなってしまった原因が自分にあるというのもあり、初めから恨むよりは憐《あわ》れむ気持ちや申し訳なく思う気持ちが大きい。

だが、こうして誰とも話すことなく本当に一人でいるというのは少し辛《つら》い。前の学校にいた時は当たり前のことだったのに、結城と出会ってから一人の寂しさを知ってしまったから。

（あれ……あの人？）

そんなとき。小鳥は自分と同じく、一人で自分の席で弁当を広げている女子生徒に目が留まった。

確か、吉田《よしだ》という名前だったか。

キラキラした印象の子だった。

スラっとしたモデルのような体型に、パーマのかかったサラサラとした金髪。目鼻立ちは凛《りん》としている。まつ毛はマスカラで綺麗《きれい》に整えられており、爪は薄く赤いマニキュアを塗ってあるのか艶《つや》やかにその綺麗な手を彩っている。大人しい見た目の子が多いこの学校では、際立ってメイクや装飾品に気を遣っている子である。

それも、見ていてケバケバしいとか派手過ぎるという印象ではなく、一言で言うなら洗練されたオシャレさを全身から醸し出している子だった。

聞いた話では、雑誌かなにかのモデルをしているらしい。なるほど、確かにこの子が表紙を飾っていたりしたら目を引くなあ、と小鳥は思う。

だが今、そんな吉田に思わぬ事態が発生していた。

（靴下、たぶん穿《は》き間違えてますよね、あれ……）

右はシンプルな黒の靴下なのだが、左が白いモコモコのついた可愛らしい靴下なのである。

いや、もしかしたらそういうファッションなのかもしれないが、他のところはあまりファッションに詳しくない小鳥から見ても非常に洗練されたものを感じるのに、その部分だけ完全に浮いているのである。

小鳥は周囲を見るが、どうやら気づいている生徒は他にもいるらしく、チラチラと吉田の足元に目をやっている人間がいるようである。

が、なぜか誰もそのことを吉田に言わなかった。

（……気づいてもらった方がいいですよね）

小鳥は席を立って、吉田の下に行く。

「……あの、吉田さん」

「ん？　アナタ転校生ね。何か用かしら？」

素っ気ない感じの声音である。

余計なお世話だったらどうしよう？

という考えが頭をよぎるが、それよりも彼女のように見た目をキッチリと整えている人は、気づかずに失敗した姿を周りに見せ続けることの方が嫌だろう。

小鳥は周りに聞こえないように、小さな声で言う。

（あの、靴下……）

「靴下……？　あ、やば、マジ!!」

どうやらホントに間違って穿いてきていたらしい。というか、驚いたときの声が思ったより高くて可愛らしい。

吉田は額に手を当てて言う。

「あちゃー、ウチとしたことが完全に不覚だわ。今日、眉《まゆ》がすっごく綺麗に描けてテンションが上がっちゃってたからなあ」

「あの、よかったら、コレ使いますか？」

そう言って小鳥が取り出したのは、雨に降られた時のためにロッカーに入れておいた予備の靴下だった。

「……ほんと!?　ありがとー」

吉田はそう言って、満面の笑みを見せる。

……なんというか思ったよりもテンションの高い人である。

「いや、ホントに助かったわ。ウチってあんまり、クラスで話す人いないし」

「そうなんですか？」

そういえば、吉田が誰かと仲良さそうに話しているところをあまり見たことがなかったなと小鳥は思った。

大人びた雰囲気や完璧《かんぺき》すぎる感じのする見た目のせいで、近寄りがたい感じがするのは確かである。小鳥としても、なんとなくだが、高嶺《たかね》に咲く孤高の花という印象があった。

（あれ？　それなら……）

自分が一緒にご飯を食べてもよかったりするのだろうか？

それこそ、もしかしたら余計なお世話なのかもしれない。一人でいるのが好きなのかも。

だが。

小鳥は結城の言葉を思い出した。

『そうだな……たくさんじゃなくてもいいから、ホントに仲のいい友達ができるといいな。小鳥は迷惑だったらどうしようって思っちゃうタイプだけど、勇気出して声かけてくれたら嬉《うれ》しいもんだったりするぞ』

……そうだ。

勇気を出そう。もしかしたら、喜んでくれるかもしれないのなら。

「あの……吉田さん」

「なに転校生？」

「えっとその……」

小鳥は少しモジモジとしていたが、やがてギュッと自分の手を握りしめて言う。

「一緒に……ご飯食べてもいいですか？」

小鳥は恐る恐る吉田の顔を見る。

（……結城さん、失敗したみたいです）

吉田はその端整な顔を無表情にして黙ってこちらを見つめてきているのである。

怒っているのだろうか？　断る理由を考えているのだろうか？

「……あの、すいません。今のは」

「……もっかい言って」

「はい？」

「もう一回言って」

吉田は語気を強めてそう言ってきた。煌《きら》びやかで凛とした顔立ちでそう言われると、結構な迫力がある。

「え、はい。えっと、よければ私とご飯一緒に食べませんか？」

「……グスン」

「!?」

なぜか急に泣き出した吉田。

「うう、ウチにもついに……うう」

「あ、あの、すいません。私何か失礼なことしましたか？」

「……違うの、グスン」

なんでも吉田は事情があって一年留年していたらしく、年上でしかも周りから見て垢《あか》ぬけた格好をしている彼女に対して皆距離を取っていたようである。吉田としては普通に同級生として仲良くしたかったのだが、いつの間にか『クラスに一人いる先輩』という扱いになっていたようである。

そのうち、吉田の所属する事務所は暴力団と繋《つな》がりがあり、その幹部が吉田と懇意にしているなどと妙な噂が広まり始めて、いよいよ誰とも話すことができなくなっていたらしい。

「……一年の頃も、仕事忙しくて友達いなかったから……ついにウチも、昼休みにクラスメイトとランチできると思ったら……うええええええ」

「あ、あははは……」

予想以上に喜んでもらえたことは嬉しかったが、喜ばれ過ぎて困った顔をする小鳥だった。

◇

「……小鳥のやつ。今日は平気だったかな」

夜、バイトからの帰り道で結城はそんなことを呟《つぶや》いた。

今日は結城はあえて授業が終了すると同時にバイトに向かい、小鳥とは一緒に帰らなかった。

毎日一緒に帰りたいのはやまやまだが、結城と一緒に帰ることでこれからできる友人と放課後に親交を深める機会が損なわれてはあまりよくないと思うのである。

もしかしたら小鳥は心細くはあるかもしれないが、あえて心を鬼にしている。

小鳥は結城に出会うまで両親への罪悪感に縛られて、皆が当たり前のようにやってきたことをしてこれなかった。だから、もっと自分のために自分の世界を広げてほしい、と結城は思うのだ。

そんなことを思い、あえて突き放すようなことをしている結城だが、小鳥のことが心配ではないのかと言われれば……。

(めっっっっっっっっっっちゃくちゃ心配だわ!!!!)

正直、バイト中も小鳥のことを考えて上の空であった。

小鳥が芯《しん》の強い子であることは結城が誰よりも知っているし、そこについては信頼しているが、それでも心配なモノは心配である。

そもそも、結城自身せっかく同じ学校に通っているのだから、本当なら昼休みも小鳥に会いに行って一緒に弁当を食べたいし毎日一緒に帰りたいのである。

（あーくそ、ここは我慢だぞ、結城祐介《ゆうすけ》……）

自分が親の代わりに小鳥を縛り付ける人間になっては意味が無いのだ。少なくとも小鳥がクラスに馴染《なじ》むための時間は奪わないようにしたい。

（……まあ、落ち込んでたら目一杯慰めよう）

そんなことを考えていると、アパートの前に着いた。

いつものように、階段を上り自室の扉を開ける。

「ただいま。小鳥」

いつもは、小鳥が結城に「おかえりなさい」を言ってから結城が「ただいま」を言うのだが、小鳥が恋しくて先に小鳥の名前を呼んでしまった。

結城の声が聞こえたのか、少し駆け足で小鳥が玄関に現れた。

「おかえりなさい。結城さん」

「……」

小鳥は笑顔だった。

それも、昨日のように少し無理をしている笑顔ではない。ちゃんと、心からの晴れやかな笑顔である。

結城はそれを見た時、確信した。

……そうか、やったな小鳥。

「小鳥、クラスメイト、いい子だったか？」

一瞬、小鳥は結城の言葉の意味を思案して首を傾げた。

しかし、すぐに理解すると嬉しそうに頷《うなず》いた。

「はい。かっこよくて、可愛らしい人でしたよ」

珍しく、弾んだ声でそう言う小鳥。

「……そうか」

そんな嬉しそうな姿が愛《いと》おしくて、結城は思わず小鳥を抱きしめた。

華奢《きゃしゃ》で柔らかい。でも、温かい体温を腕の中で感じ取る。

小鳥は急なことで驚いたのか、反射的にギュッと体を強張《こわば》らせた。

「……きゅ、急にどうしたんですか、結城さん」

「頑張ったな。小鳥……」

「……」

小鳥はゆっくりと体の力を抜いて結城の胸に顔を埋《うず》めてくる。

「はい……勇気、出してみました」

「……ああ。さすが俺の彼女だ」

「私のことをいつも考えてくれる彼氏さんのおかげです……」

結城は小鳥の頭を撫《な》でる。相変わらず、手触りが心地よい。

静かな時間が二人の間を流れた。聞こえるのは、外の道を車が通る音だけ。

そのまましばらく、二人はお互いの体温を味わっていた。

その時。

「……ドア、あけたまま」

「え？」

不意に結城の背後から声が聞こえてきた。

後ろを見ると小学生くらいの金髪碧眼《へきがん》の女の子が、開けっ放しになっていた扉の前に立ってこちらを見ていたのである。

前に仕事から帰るときに、玄関先で見た二つ隣に住む少女である。

「あ、えーと」

なんと言おうか迷う結城に、女の子が言う。

「……あけっぱなし危ない……よ？」

「は、はい。ありがとうございます」

小鳥がそう言うと、少女はこくりと頷いてドアを閉めた。

バタン、という音と共に再び玄関に静寂が戻る。

「……」

「……」

結城と小鳥はどちらからともなく離れた。

「み、見られちゃいましたね……」

「そうだな……」

小鳥はこれでもかというくらい顔が真っ赤である。きっと結城自身も負けず劣らず真っ赤になっていることだろう。

もしかしたら今までで一番恥ずかしい思いをしたのではないかと思う結城であった。

第二話　結城と小鳥と隣の女の子

翌日の放課後。

結城《ゆうき》は二日前と同じように学校の玄関の前のベンチに座って小鳥《ことり》を待っていた。

これまた前回と同じように参考書を広げているが、その心持ちは大いに違っている。

なにせ……。

（今日は久しぶりの休みだからなっっ!!）

そう。久しぶりに仕事を入れてないのである。

基本的に土日も仕事をしており、毎日の勉強も欠かさない結城にとっては貴重な一日だ。

もちろん、勉強だけは今日もするのだが、それも早めに切り上げて小鳥とゆっくり過ごすつもりである。

結城としてはどこかに出かけようかと言ったりしてみるのだが、小鳥はどちらかと言えばインドアの趣味なので一緒にゲームをしたりして過ごすことが多かった。

それではいつもと変わらないではないかと思うかもしれないが、忙しい結城にとっては一日に小鳥とゆっくりできる時間など、朝食を食べている時と、晩御飯を食べている時、そして寝る前の少しの時間くらいのものである。合計で二時間ちょっとだろうか？

それが今日は今から寝る前までの六時間くらいは一緒にいられるのである。

（つまり普段の三倍の小鳥の成分を摂取できるということであり、人生における幸福指数は十倍以上に跳ね上がる計算になるわけだな!!）

意味不明の計算結果をはじき出す結城の脳細胞。この脳細胞がこの前の全国模試の数学で満点をたたき出したと思うと世も末である。

「あ、来たか」

そんなこんなしているうちに、一昨日と同じく小鳥が玄関から出てきた。

（あれ、隣にいるのは……）

見知らぬ顔である。

髪の毛を染めた少し派手な見た目の女子だ。

派手な見た目の女子は結城の方をチラリと一瞥《いちべつ》すると「じゃあ、ウチはこれで」と一言言って、手を振りながらその場を去って行った。

小鳥も「さようなら」と言いながら手を振ると、結城の前にやってくる。

「授業お疲れさま。小鳥」

「はい。結城さんもお疲れさまです」

「さっきの子は？」

「はい、クラスメイトの吉田小百合《よしださゆり》さんです」

「……そうか」

小鳥が話していた友達とは吉田のことだろう。

可愛らしい人と聞いていたので、どうにも予想外である。結城からするとあまり馴染みのないキラキラした感じの見た目であるし、鋭くて凛《りん》とした目鼻立ちはとっつきにくさを感じさせた。

そんなことを思って、吉田の方を見ると。

「……（ぶんぶん）」

だいぶ離れたところで、まだ小鳥の方に手を振っていた。

「……小鳥、あれ」

「はい？　ああ。ふふ、もう吉田さんったら」

小鳥も嬉《うれ》しそうに笑って手を振る。

すると、吉田は先ほどまでのキリッとした表情はどこにいったんだと言いたくなるようなふにゃふにゃした笑顔になって、満足そうにスキップしながら校門を出て行った。

（……うん。まあ、確かに可愛らしい子ではあるな）

というか、見た目とのギャップが激しすぎてズッコケそうである。

なんにせよ危ない不良とかではないようで安心する結城だった。

「……よし、小鳥帰ろうぜ。せっかくの休みだ。早く帰ってゆっくりしよう‼」

「嬉しそうですね、結城さん」

「ああ、今日は小鳥とずっと一緒にいられると思うとな。楽しみで仕方ねえよ」

「そ、そうですか……」

ふっ。赤くなってるな小鳥。

やはり好意はストレートに伝えるに限る。猪口才《ちょこざい》な変化球など１６０㎞のストレートをコントロールよく投げ込めれば必要ないのだ。

しかし、その時。

ギュッと、結城の手を柔らかい感触が包んだ。

小鳥がその小さな手で結城の手を握ってきたのである。

「今日はずっとこうしてられますね。結城さん」

そう言って、顔を赤らめたまま笑う小鳥。

「……お、おう」

その可愛すぎる笑顔と掌《てのひら》から伝わってくる温かさに、心音が自分に聞こえてきそうなほどドキドキとしてしまった結城であった。

◇

「あれ？」

「どうしました。結城さん？」

結城は小鳥と手を繋《つな》いだまま歩き、住んでいるアパートに着くと。小鳥の隣の部屋の扉の前で、一人の少女が座っているのが目に入ってきた。

「あの子、昨日の子だよな？」

そう、昨日結城たちが玄関で抱き合ってるところを目撃された少女である。

下を向いてスマートフォンをイジっている。着ているのは近所のお嬢様学校、小鳥が前に通っていた学校の初等部のものだった。

「そうですね。最近引っ越してきた子です」

「そうなの？」

「はい。私は何度か挨拶《あいさつ》したことありますよ。そう言えば、引っ越しは結城さんが仕事行ってる間に終わってましたね」

「ああ、なるほど」

しかも、普段は平日だろうが休日だろうが朝早く出て、夜遅くに帰ってくる結城である。

今まで一度も顔を合わせてなくてもおかしいことではない。

それよりも、だ。

「なあ、あの子。家入れなくなってるんじゃないか？」

季節は夏だが、今日は少し冷え込む。ワザワザ家の扉の前で座っている理由も分からない。

「どうしたのか聞きたいところなんだけど……ちょっとこのご時世、小さな少女に声をかけるのは気が引けるな」

「私を家に上げてくれたのに、よく言いますね」

いたずらっぽく小鳥はそう言った。

「まあ、それを言われるとな」

ちなみに、あの事件の後で調べて分かったことだが、未成年同士でも未成年を保護者の許可なく家に泊めるのは誘拐に当たることがあるらしい。

どうやら肉体や生命の危機を回避するためであれば認められるということなので、傷跡だらけで飛び降りようとしていた小鳥の場合はどうなるか微妙なところだが、ともかく、だいぶ危ない橋を渡ってたんだなとヒヤッとしたものである。

そんなことを思っている間に、小鳥は少女のところに行ってしゃがみ込んで目線の高さを合わせていた。

「お名前は、なんていうんですか？」

少女はゆっくりとスマートフォンから顔を上げる。

結城はこの少女を見るのは三回目だが、その容姿を一言で表すなら恐ろしく『綺麗《きれい》』だった。

無表情だが目は少し吊《つ》り上がって口元は結ばれており意志が強そうな印象を受ける。まつ毛は長く鼻梁《びりょう》はくっきりとしていた。ショートヘアの鮮やかな金髪はサラサラしていて、右目の下にある泣きボクロが特徴的だった。

そういう顔のパーツが全て完璧《かんぺき》と言っていいほどに美しく、同時に可愛らしく整っているのだ。

（なんて言ったらいいのかな……そう、アニメとか漫画のキャラみたいだな）

童話やファンタジーのフィクションの世界に出てくる金髪のお姫様がこちらに迷い込んで来たかのような、そんな非現実的な雰囲気すらまとっている少女だった。

少女はジッと小鳥の顔を見つめる。

小鳥は、そんな少女に優しく微笑んだ。

「……」

「……」

しばしの沈黙。

やがて少女は呟《つぶや》くような声で。

「……ユイ、堀井《ほりい》ユイ」

そう名乗った。

「さっきから玄関前にずっといますけど、どうしたんですか？」

「……カギ、なくなった」

やっぱりか、と結城は小鳥と顔を見合わせる。

結城が尋ねる。

「お父さんかお母さんに連絡は？」

「……」

ゆっくりと首を横に振る堀井ユイ。

手にスマートフォンを持ってるから連絡できないってことはないと思うのだが……。

思い出すのは小鳥と出会った時のことである。

あの時も、結城が親に連絡を取ろうとしたら小鳥に止めてくれと言われた。

この子も何か事情でもあるのだろうか。

「ヘイキ。気にしないで……」

堀井ユイは呟くような声でそんなことを言うと、結城たちに興味はなくなったとばかりに液晶画面に視線を戻した。

「気にするなってもなあ」

このくらいの年の子がずっと外に一人でいるというのは普通に心配である。

とはいえスマホを取り上げて無理に親に連絡するわけにもいかないし、警察を呼ぶのもさすがに大げさだろう。

「……そうですか」

小鳥は小さくそう呟くと、スッと堀井ユイの隣に腰を下ろした。

「じゃあ、私も少しここにいていいですか？」

少女は再びスマートフォンから顔を上げて不思議そうな顔をする。

「……なんで？」

「そうしたくなったからです。迷惑ですか？」

「……」

少女は黙って首を横に振った。

小鳥はそれを見て嬉しそうな声で言う。

「ありがとうございます。堀井さん」

「……ユイ、ユイでいい」

「うん。私は清水《しみず》小鳥っていいます。よろしくね、ユイちゃん」

「……」

少女は黙ってコクリと頷《うなず》くと、再びスマホをイジり始めた。

結城は小さな声で小鳥に耳打ちする。

（なあ小鳥。この後、どうするつもりなんだ……？）

（分かりません。分かりませんけど……なんとなく、一緒にいてあげたほうがいいと思ったので）

ユイの方を見て、そんなことを言う小鳥。

（……まあ、それはそうなんだが）

なにせ本人が連絡を取る必要はないと言っているし、危ないからといって結城たちの家に上げるのもまた、ユイの保護者の対応によってはいらぬトラブルの原因になるかもしれない。それならば、小鳥の言うように単純に側にいるというのはいい選択肢だと思う。

なのだが……。

（……せっかくの、小鳥と二人っきりでいられる休日が……っ）

「どうしました？　結城さん」

「いや……なんでもねえよ」

結城はそう言うとドカッと小鳥の隣に腰を下ろした。

「……べつにいいよ」

ユイは液晶画面を見たまま、そう言ってきた。

「そうはいかねえよ。女の子二人じゃ結局危ないしな……」

まあ、少し小鳥と二人で過ごす時間が短くなるくらいは我慢するか、とため息をつきながら思う結城だった。

◇

「もうこんな時間か……」

結城は読んでいた参考書を閉じて、スマホの時計を見るとそう呟いた。

三人で玄関の前に座り込んだわけだが、なんとそのまま何の動きもなく辺りは暗くなっていた。

「……」

横に目をやるとユイは黙ってスマホをイジり続けている。

小鳥はユイの横で本を読みながら時折、ユイの方を見ていた。

(ずいぶん、気にかけてるよな)

子供が好きだったりするのだろうか？

「……ああ、少し冷えて来たな」

まだギリギリ夏の陽気が残っているとはいえ、夜は冷え込む。

　結城は立ち上がって言う。

「ちょっと、上着取ってくる。ユイの分は小鳥のやつでいいかな？」

「そうですね。ありがとうございます」

　結城が自分の部屋の扉を開けたその時。

　カツカツ、とアパートの階段を上がる音が聞こえてきた。

　ヒールが鉄製の階段を踏む音である。

「なぜ、そのようなところに座っているのです、ユイ様？」

　現れたのは二十代半ばくらいの女性だった。

　まず目を引いたのが、その表情だった。キッと結ばれた口元に眼鏡をかけた少しつり上がった目元。一瞬怒ってるんじゃないかと思ったほどである。

　ただ、身長がどう見ても１５０センチに届かないくらい小柄であるため迫力があるわけではなく、キッチリとしたスーツに身を包んでいるのもあって、なんというか物凄《ものすご》く生真面目そうな印象だった。

（ユイちゃんの母親……ではないか。様付けしてたし。というか、様付けされて呼ばれるとかこの子何者だよ）

　ユイはスマホから顔を上げると。

「……カギ」

　一言そう言った。

「なるほど。無くしたというわけですね。それならそうと私なり社長なりに連絡をくだされればいいでしょう」

「……へーき」

「はあ、あいかわらずですねユイ様は。鍵《かぎ》は私が預かっているので開けますよ」

どうやら、解決したようである。

結城は小鳥と顔を見合わせると立ち上がった。

親ではないようだが面倒を見てくれる大人が来たのなら、結城たちはお役御免である。

「そちらのお二人は？」

　スーツの女性は部屋に入ろうとした結城たちの方を見てそう聞いてきた。

「ああ、ちょっとユイちゃんとお話ししてたんですよ。二つ隣に住んでる結城祐介《ゆうすけ》です。こっちは隣に住んでる清水小鳥」

「そうですか……これは失礼しました。私はこの子の母親の秘書をしています、氷堂《ひょうどう》と申します。遅れましたが社長の代わりに引っ越しのご挨拶《あいさつ》をさせていただきます。ユイ様共々これからよろしくお願いいたします」

　そう言って深々と頭を下げる。

それを見て、小鳥もこちらこそと頭を下げた。

なんというか、イチ高校生からすると大人にこれだけ丁寧な態度を取られることがあまりないので恐縮してしまう。

「それではまた会社に戻りますので失礼いたします」

氷堂はそう言うと、バッグから鍵を取り出して開けて、その鍵をユイに手渡し、再び一礼して踵《きびす》を返すと階段を下りてアパートを去っていった。

一つ一つの動作がキビキビしており無駄がない。性格も見た目通り真面目なんだろうなと感じさせる人だった。

「……じゃあ」

ユイもそう言うと、今鍵を開けてもらったばかりの扉を開けて玄関の中に入っていった。

「……」

「……」

残された結城と小鳥は少し黙っていたが。

「氷堂さん、凄くキッチリした方でしたね……」

少々呆気《あっけ》にとられた様子の小鳥がそう言った。小鳥もかなり生真面目な性格であるが、どちらかといえば丁寧でゆっくりとした方である。

氷堂のキビキビとした軍人みたいな動きを見て、少し圧倒されてしまったようだった。

「……てかユイちゃんのお母さんって、なんかの会社の社長なんだな。まあ、なんにせよ。

ユイちゃんがちゃんと家の中入れてよかったよ。俺たちもそろそろ家の中入ろうぜ小鳥」

結城はそう言って自分の部屋の扉に手をかける。

「……あー、それにしても」

結城は扉を開けながら言う。

「結局もう夜かあ」

「そうですね。すっかり暗くなっちゃいました」

「……はあ」

家の中は、いつもと違い誰もいないので当たり前だが、電気はついておらず暗くひんやりとしていた。

今の結城の心を表しているかのようだ。

「結城さん、なんかすごい落ち込んでます？」

「いや、なんでもないよ」

せっかくの休みに小鳥と二人っきりで過ごす時間が減ったから不満です、とはさすがに情けなくて言いづらいところである。

時刻は二十一時、これではあまりいつもの時間と変わらない。

結城は無念の気持ちを抱えつつ、敷居を跨《また》ごうとするが。

「あ、ちょっと待ってください」

小鳥が結城の横を通り抜けて先に玄関に入った。

「どうした？」

「あの結城さん……ちょっと一回扉閉めて、少し待ってからいつも通り入ってきてもらっていいですか？」

「それは構わないけど」

「ありがとうございます。いつも楽しみにしてるんですよ」

「なにを？」

小鳥は靴を脱いで家に上がると結城に言う。

「じゃあ、お願いします」

「お、おう」

結城は言われたとおり、一度外に出て玄関の扉を閉めた。

「いったい、なんなんだ……？」

そんな疑問を持ちつつも言われたとおり少し待つ。

「……もういいのか？」

結城はいつものように扉を開ける。

「おかえりなさい。結城さん」

玄関に立った小鳥がそう言って結城を出迎えた。

「……」

それはいつもどおりの光景だった。

明かりのついた部屋。可愛らしい小鳥の声と笑顔。

そのいつもどおりが、結城の心をどうしようもなく温かくする。

「やっぱり、結城さんにこうしておかえりを言うの、嬉《うれ》しい気分になりますね」

そう言って小鳥は少し恥ずかしそうに頬を染めた。

「……ああ」

うん、いいじゃないか。

ちょっと、休日の予定が思い通りに行かなかったくらい。

小鳥がこうやって嬉しそうにしてくれるだけで、こんなにも幸せな気持ちになるのだから。

「うん。ただいま、小鳥」

結城はそう言って、いつもどおり温かな空気に満ちた家の中に入っていくのだった。

◇

「それにしても、ユイちゃん可愛らしい子でしたね」

ユイと玄関の前で過ごした翌日。

いつも通り二人で夕食を食べている時に、小鳥がそんなことを言った。

ちなみに、今日のご飯はカレーである。小鳥の料理の中でも結城が気に入ってるものの一つだ。野菜がたっぷりとルーに溶け出すまで煮込まれており、あっさりしていながら非常に深い味わいのある絶品である。

「ん？　ああ、そう言われるとそうだなあ」

確かに容姿は非常に整っていたと思う。

「小鳥は子供好きなのか？」

「はい。結城さんは小さい子好きじゃないんですか？」

「んーそうだな」

結城はカレーをスプーンですくいながら言う。

「嫌いってわけではないんだけどさ……なんだろな、どう接していいか分かんないんだよな」

スプーンですくったカレーを結城は頬張る。

カレーとライスが口の中で絡み合って、じゅわりと甘辛い味わいが全体に広がった。

「私にしたみたいに、優しくしてあげたらいいと思いますよ」

「そうなのかなあ」

イマイチピンとこないのが正直な感想である。

「まあ、自分の子供とかできたらそんなこと言ってられないんだろうけどな」

結城がそんなことを言うと、小鳥はおかしそうに笑った。

「ふふ、結城さんは子供ができたら、凄く子煩悩になりそうですね」

「そうかな？　んー、まあでも」

結城は少し考えた後。

「俺は、自分の子供には自由にさせてやりたいな……」

呟《つぶや》くようにそう言った。

「……そうですか。結城さんはそうですよね」

小鳥はそれを聞いて少し複雑な表情をした。

前に結城の父親のことは話しているから、思うところは察してくれたのだろう。

「小鳥はどうだ？　どんな風に育ってほしい？」

「私ですか？　そうですね……」

小鳥はスプーンを口に当てて少し考えた後。

左手で自分の鎖骨の下あたりを触った。

そこに何があるかを結城は知っていた。服で隠れているその場所は皮膚が少し変色している。小鳥の体に刻み込まれた過去の証《あかし》だ。

「私は……幸せな子に育ってほしいです」

優しさと後悔と、その他色々な感情が籠《こ》もった声と表情だった。

「……幸せな子か」

なんとも抽象的な話だ。

だが、お世辞にも幸せではない時間を過ごしてきた小鳥にとって、その言葉はきっとなんとなく言ってみたようなものではないだろう。

「そうだな。それが一番大事だよな」

「はい。私は、それだけで十分です」

「うん」

小鳥の目は優しかった。

アレだけの事があったのに誰も恨まず、たぶん今拘置所にいる元凶すらいつか幸せになってほしいと心の底から願っているのだろう。

（優しすぎるよ。ほんとにさ……）

そんな小鳥を見ていると、結城は自分の中に使命感みたいなものが湧いてくる気がした。

（まだ俺は何もできない子供だけど）

きっと……この子とこの子の子供は俺が幸せにする。

ずいぶん気が早い話だが……そうしたいと、心から思った。

「ああ、なんか初めて、早く大人になりたいって思ったなあ……」

結城は頭の後ろで手を組んで、後ろのベッドに寄りかかりながらそう言った。

「ふふ、また急にどうしたんですか？」

「いや、なんでもないよ。あれだな、そのときになったら言うわ」

「？」

首を傾げる小鳥。

そう。いずれ言おう。

自分にその力がついたときのために、この言葉はとっておくことにした結城だった。

第三話　小鳥とユイ

（……あれ？）

清水《しみず》小鳥《ことり》がそれに気がついたのは学校の帰りだった。

いつもどおり仕事に行く結城《ゆうき》を見送り、一足先にアパートに帰って来たときである。

二日前一緒に過ごしたユイにちょうど出くわしたのだ。

「こんにちは、ユイちゃん」

「……」

ユイは黙ったままコクリと首を縦に振って挨拶《あいさつ》する。

（本当にキレイな子ですよね）

まるで絵本から出てきたお姫様のようである。

ただ、小鳥が気になったのはそこではなかった。

ユイの手にあるのは近所のコンビニの袋だった。時間帯のずれている結城と違い、ここ最近何度かユイが家に帰るところを見ていた小鳥だったが、必ずその手にはコンビニの袋を持っていた。

　何度か年配の家政婦らしき人が出入りしたのは見たが、一昨日の様子を見るに、たぶんほとんど家族が家に帰ってくることはないのだろう。

（ちょっと……寂しい気がしますね）

　もちろん気にしない人は気にしないだろうしユイはそういうタイプなのかもしれないが、少なくとも小鳥はそう思った。

　そうだ、ウチに呼んでみたらどうだろうか？

　一昨日長い時間を一緒に過ごした仲である。

　いや、それはさすがにお節介がすぎるだろうか？

　ただコレは小鳥の個人的な感覚だが、子供の頃に遠征で父親がなかなか家に帰らないのは母親がいたとはいえ寂しかった。

　だから自分と一緒に過ごすことで、少しでもそういう寂しさが紛れるなら……。

「……？　用事ないならいくよ？」

　少し考え込んでしまっていた小鳥を見て、ユイがそう言った。

「ああ、あのええと」

「……？」

　ユイは少し首を傾げる。

「その、ですね……」

小鳥の頭の中にグルグルと「迷惑なんじゃないだろうか」という言葉が渦巻く。

こういう時に自分は情けない。結城なら躊躇《ためら》うことなく誘えるだろう。

結城のことを思い出したら、またあの言葉が頭の中に響いた。

『勇気出して声かけてくれたら嬉しいもんだったりするぞ』

（……そうですね）

吉田《よしだ》のときもそうだったじゃないか。迷惑かもしれないなんて考えてたら何も始まらない。自分は結城が踏み込んで来てくれたから救われた。

それが凄《すご》く嬉しかったから、もしおせっかいだとしても私もあんな風に誰かを喜ばせる事ができるなら。

「ねえ、ユイちゃん」

こちらの目を見て「なに？」という風に目線で尋ねてくるユイ。

「ちょっと私の家でお話ししませんか？」

「……なんで？」

「ええと……」

まさか理由を聞かれるとは思ってなかった。

どうすればいいだろう。「アナタが一人じゃ寂しいかと思って」などと言うわけにもいかないし……いや、人を理由にせず、こういう時は素直に自分がしたいことを言えばいいのだろう。

「ユイちゃんともっと話してみたいからですよ。駄目ですか？」

ユイはそう言った小鳥の顔をじっと見る。

この子はこうやってじっと人の目を見つめる事が多いが、碧《あお》くて綺麗《きれい》な瞳《ひとみ》に見つめられるとなんだか色々なことを見透かされてる気分になってしまう。

「……うん。分かった」

「そ、そうですか」

ほっと息をつく小鳥。

「ちょっと待って……」

ユイはそう言うと、スマートフォンを取り出しまだ大人よりも短い指を動かしてなにやら操作をする。

「……小鳥」

ユイは自分のスマートフォンの画面を見せる。

「え、あ、はい。なんですかユイちゃん」

小鳥は一昨日一度教えただけの自分の名前を覚えていてくれて少し嬉《うれ》しい気持ちになりながら画面を見る。

「氷堂《ひょうどう》さんが『よろしくお願いします』だって」

画面には物凄く硬い仕事依頼のような文面で、ユイが言ったように要は「お手数かけますがユイ様をよろしくお願いします」ということが書かれていた。

イメージ通りの人なんだなあと改めて思う。

「こちらこそ、よろしくお願いしますねユイちゃん」

「……うん」

小鳥はそう言うと自分の部屋の鍵《かぎ》を開けて荷物を置き、今度は合鍵で結城の部屋の扉を開ける。

「いらっしゃい。ユイちゃん」

ユイは黙って頷《うなず》くと結城の部屋の中に入っていった。

◇

（って……呼んでみたはいいものの、これからどうしましょう）

ユイに家に来てもらえたのはよかったが、考えてみれば自分は話を自分主導で進めるのが全く得意な方ではなかった。

そのユイはテーブルに着いて黙々とコンビニのハンバーグ弁当を食べている。

ちなみに自分の会話ベタを考慮していなかった小鳥だが、このユイに会話のリードを期待するほど見込みが甘くはない。

なにか、なにか話さないと……。

「……えっと、ユイちゃん」

「なに？」

「冷蔵庫に余ってるプリンがあるんですけど、デザートに食べますか？」

「……甘いもの苦手」

「え、あ……そうですか。えーっと」

全く想定していなかった。自分も含め女の子は、特に小さい子は皆甘いものが好きだと思っていたのだが。

「その、甘いもの苦手なんですね」

「……うん」

「……」

「……（もぐもぐ）」

「……」

「……（もぐもぐもぐ）」

（結城さーん、助けてくださーい!!）

虐待されても助けは求めなかった小鳥だが、今回ばかりは心の中でそう叫んだ。

こうしてみると普段の会話で結城の方から話を振ってくれるのがいかに助かっていたかが分かる。

そういえば最近クラスで話すようになった吉田も自分から話を進行してくれる方だ。

自分は彼らに甘えていたんだなと痛感する。

そのまま大して会話が弾むこともなく、ユイはご飯を食べ終えるとスマホゲームをイジりだした。

(なにか……なにか話さないと……)

しかし、それから二時間ほど小鳥は家事をしながらなんとか会話の糸口をつかもうとしてユイを観察していたが、上手《うま》くいかずに時間だけが過ぎてしまった。

やがてユイはスマートフォンから顔を上げると。

「……そろそろ帰るね」

そう言って立ち上がった。

「あ、はい」

もうちょっと話を……と言おうとして小鳥は言葉を飲み込んだ。

もうちょっとも何も、そもそも少しも会話らしい会話などできていないではないか。

小鳥はユイを玄関まで見送る。

「ユイちゃん……あの」

「……ごめんね」

「え？」

「……わたし、話すのとくいじゃないから」

ユイは靴を履いて、つま先をトントンと地面につけながら言う。

「そんなことは……」

「……楽しくお話しできなくて、ごめん」

そう言ってユイは結城の部屋を出ていった。

◇

「しかし、同時に給料上げてくれるとはなあ」

結城はそんなことを一人呟《つぶや》きながら夜道を歩いていた。

現在、結城がやっている仕事は二種類に分けられる。一つは引っ越し業者、もう一つは学校の近くにある工場での組立作業である。

どちらもなかなかに体力勝負で、仕事を選ぶ時に「他の時間は勉強をするんだから、なまらないようにしよう」ということで選んだ。お陰様で、腕なんかはバリバリにスポーツをやっていた中学時代よりも太いくらいである。

さて、そんなわけで日々汗水流して働いている結城だが、本日両方の仕事で給料のアップを言い渡された。非常に精力的に真面目に仕事に取り組んでくれているからとのことである。

（小鳥に話したら、きっと喜んでくれるんだろうなあ）

彼女はこういう時に自分のことのように、というか自分のことよりも喜んでくれるのだ。

少し前の自分なら昇給しても特に心など動かずに、黙っていつもどおりのことを繰り返していたことだろう。

それが今では、ちゃんと嬉しいと感じられる。

ホントに小鳥が来てから、人生が充実しているなと思う。

「そうだ、明日なにか美味《おい》しいものでも買ってくるかな」

日頃の感謝の証《しるし》だ。無駄遣いは逆に恐縮してしまう小鳥だが、こういうときなら遠慮なく受け取ってくれるかもしれない。

彼女のことを考えていると一刻も早く会いたいと自然と早足になる。

アパートに到着し、階段を一段とばしで上がり、鍵を出して玄関の扉を開け愛《いと》しの彼女の下へ。

「ただいまー、なあ聞いてくれよ小鳥。今日なんと」

「うう、情けないです……」

愛しの彼女は布団にグルグルにくるまって部屋の端で落ち込んでいた。

「いや、何があったし!?」

◇

「……なるほどな」

結城は小鳥の用意してくれた晩ごはんを食べながら、自分が帰るまでにあったことを聞いて頷いた。

「それでユイとは結局まともに話ができずに帰っちゃったわけか」

「……はい」

小鳥は力なく頷く。

ちなみに、聞いたところによると一番まともに続いたやり取りは。

「ユイちゃん、ハンバーグ好きなんですか？」

「……普通」

「好きなものってなんですか？」

「んーと、からあげ」

「そうなんですか、美味しいですよね唐揚げ」

「……うん」

「あ、えーと。お茶飲みますか？」

「ありがと……」

「……」

「……」

だったそうだ。

たった四往復、確かにコレを会話と呼ぶのは若干無理があるだろう。

「自分から誘っておいて、最後は謝られてしまいました……」

小鳥は俯《うつむ》いてそう言った。

ここまで分かりやすく落ち込むのは珍しい。よほどユイに申し訳ないと思っているのだろう。

「あ。す、すいません。せっかくの食事中に暗い話をして」

それでもこうして結城に気を遣えて、家事もしっかりとこなしていたのだからそこは小鳥らしいなと思う。

「ああ、いいよいいよ」

むしろ小鳥は普段から気を遣いすぎである。

それは本当にありがたくて、おかげで毎日勉強も仕事も頑張れるのだが、もう少し自分のことだけ考えてしまうときがあってもいいと思うのである。

「やっぱり、余計なお世話だったかもしれませんね。ユイちゃんは一人でも大丈夫な子みたいですし。あ、結城さんご飯おかわりしますか？」

「ああ頼む。んーでも……」

結城は茶碗《ちゃわん》を渡しながら言う。

「大丈夫そうだと思わなかったから、あの子を誘ったんだろ？」

そう言われて、茶碗を受け取った小鳥の手がピタリと止まる。

「ええと……それは、はい。本当に寂しくて泣いてそうとか、そういうわけじゃないですけど、コレはホントに勝手な私の想像かもしれないんですけど」

小鳥は少し視線を落として言う。

「ユイちゃんのご両親がどんな人かは分からないですけど、少なくとも小さい子なら、会えなくて一人でいるのは寂しいと思うんです……」

「そうだな……子供ってなんだかんだそういう感じだよな」

ある程度成長すれば世の中は家族だけじゃないことを理解するし、むしろ親など煩わしく感じることも多くなるだろう。だが、ユイはまだ十歳。そういう考えを持つには早すぎる。だから自分が少しでも代わりになれないかと、そう考えたんだろう。

「うん、それなら、また誘ってみたらいいんじゃないか？」

「え？」

　結城の言葉に小鳥は少し驚いた顔をする。

「だって気になるんだろ？　あの子のこと」

「それは……はい。でも、私、ユイちゃんと上手く話せなくて」

「ああ、それなんだけどさ」

「はい」

「そんな話す必要なくないか？」

　結城の意外な言葉にきょとんとした顔をする小鳥。

「ええと……そう、なんですか？」

「うん。俺はそう思うぞ。だって」

　結城は一度箸《はし》を置いて、小鳥の空いてる方の手を握る。

「俺は小鳥とこうやって手を繋《つな》いで静かに過ごす時間も好きだからな」

「……ええと、ありがとうございます」

　小鳥が少し顔を赤らめる。

「大切なのって一緒にいることだと思うからさ。例えば俺は小鳥がいつも家事してくれて俺の話を聞いてくれるのに感謝してるけどさ、仮に小鳥が大怪我して家事とかできなくなって喋《しゃべ》れなくなったとしても、こうして側にいてくれて触れ合うことができるならそれでいいと思ってるよ。小鳥はどうだ？　俺が仕事もできなくなって声が出なくなったりしたらもう俺と会うのやめるか？」

小鳥は強く首を横に振る。

「いくら結城さんでも怒りますよ。そんなことは関係ないです。私だって結城さんがどうなろうと一緒にいてくれたらそれでいいです」

小鳥がそう言ったのを聞いて結城の頬が緩む。

「ありがとう小鳥。だから、そういうことだと思うんだよ。誰かがいてくれる嬉《うれ》しさって」

結城は小鳥の髪を優しく撫《な》でながら言う。

「無理はしなくていい、小鳥は自然体の小鳥のままでいてくれたら、上手く話せなくったって一緒にいて心地いい気分になれる人だと思う。少なくとも俺はそうだから自信持っていいと思うぞ」

「……」

小鳥はしばらく結城の顔を見つめたまま結城の手にされるがままになっていたが。

ギュッと。

結城の手を両手で握ってきた。

「……結城さん。私、結城さんが彼氏で本当によかったです」

その目には少し涙が滲《にじ》んでいた。

結城はそんな彼女の頭を優しく撫でる。

「うん。俺もお前の役に立てたみたいでよかったよ」

給料が上がったことを話すタイミングを逃してしまったが、まあ、今日はそんな事はいいだろう。

「私、もう一度ユイちゃん誘ってみます」

「ああ。頑張れよ」

結城はそのまましばらくの間、黙って小鳥の頭を撫で続けたのだった。

◇

翌日。

小鳥は学校が終わると、少し早足でアパートに帰った。

そして、玄関から出て待っていると……。

来た。

昨日と同じ時間にユイが現れた。手に持っているのは……これも昨日と同じコンビニの袋だった。

「おかえりなさい、ユイちゃん」

　小鳥はユイの方に歩み寄って、視線を同じ高さまで落とすとそう声をかけた。

「……（コクリ）」

　ユイは返事はしなかったが軽く頭を縦に振って挨拶《あいさつ》する。

「今日も一人ですか？」

　小鳥はコンビニの袋を指差してそう尋ねる。

「うん」

　ユイは短くそう答えた。

「そうですか……」

　ユイはそのまま自分の部屋の鍵《かぎ》を取り出そうとするが……。

「じゃあ、今日も一緒に結城さんの部屋で過ごしませんか？」

　小鳥はそう言った。

「……？」

　ユイは不思議そうに小鳥の方を見て言う。

「……わたし、おしゃべり苦手だよ？」

　しかし、小鳥は首を横に振る。

「そんなことは関係ないですよ。私はユイちゃんと一緒に過ごしたいんです……駄目ですか？」

今度は小鳥がユイの目をじっと見る。

「……」

ユイはしばらく小鳥と目を合わせ、お互いにじっと目を見つめていたが。

「うん……分かった」

ユイは小さく頷《うなず》いた。

小鳥はそれを見てニコリと笑うと。

「ありがとうございます」

そう言って、結城の部屋の扉を開けた。

◇

さて、そうして昨日と同じく小鳥はユイと一緒に過ごすことになったわけだが。

「……」

昨日と変わらず、ユイは黙ってもぐもぐとハンバーグ弁当を食べている。

小鳥も昨日と変わらず家事をやっていた。

そして、これまた昨日と変わらずコレといった会話がない。

しかし。

「～～♪」

小鳥は昨日とは違い、上機嫌で鼻歌を歌いながら掃除をしていた。

その様子にユイは思わずそちらに視線を向ける。

その視線に気がついたのか、小鳥はユイの方を見ると。

「どうしましたユイちゃん？」

「……えと、なんでもないけど」

「あ、そうです。特製の牛乳プリンがあるんですよ。食べますか？」

「……わたし、あまいのは」

「苦手なんですよね？　でも、甘さは控えめですからお試しということで……どうですか？」

「……じゃあ、いただきます」

小鳥はそれを聞いて嬉しそうに冷蔵庫から牛乳プリンを取り出すと、小さなグラスによそって小ぶりのスプーンを添えてユイの前に置いた。

「はい、どうぞ。苦手だったら残してくれて大丈夫ですからね」

「うん、いただきます」

ユイは頷くと、ゆっくりとスプーンを手に取る。

少しだけプリンをすくうと、小さな口でパクリと食べた。

「……あ、おいしい」

ユイはボソッと一言そう言った。

それを聞いた小鳥は嬉しそうに微笑む。

「よかったです」

「……（もぐもぐ）」

「……」

「……ねえ」

「はい、どうしましたユイちゃん？」

「小鳥はさっきから、なんでわたしの方見てるの？」

ユイが先ほどからデザートを食べている間、小鳥は正面に座って嬉しそうにその姿を見ている。

「ユイちゃんが私が作ったものを美味《おい》しそうに食べてるのを見ていたいからですね」

「……それ、退屈じゃないの？」

「そんなことはないですよ。私はユイちゃんがいてくれるだけで楽しいです……ああでも見られてると食べづらいですかね？　それなら私は家事に戻りますけど」

小鳥がそう言うと、ユイはフルフルと首を横に振る。

「別に、そういうわけじゃない」

「そうですか。ありがとうございます」

「……プリンくれたの小鳥なのに、変なの」

ユイはそう言うと、再びスプーンを口に運び出した。

◇

食事を終えると、ユイは居間でくつろぎ出した。

ベッドに座ってスマートフォンをイジっている。

一方、小鳥も一通り家事を終えて学校から出された課題をやることにした。

テーブルに着いて片手にマーカーペンを持って教科書を読む。

ここでもユイとの間に会話は無い。

だが、昨日と明らかに雰囲気が違った。なんというか沈黙が気まずくないのである。

ああ、やっぱり昨日は無理にユイと関わろうとしてしまっていたんだなと、小鳥はそう思った。自分もユイも自分からしゃべるのが得意じゃない。

なら、それでいいのだ。人が二人いる時に話さなければいけないなんてルールはない。

大事なのは側にいること。その存在を感じられることだ。

あまり表情が変わらないユイだが、心なしか今日は落ち着いた表情だった。

いや、本当にリラックスしてくれているんだろう。

なにせ。

「……」

コクリコクリと何度か船を漕《こ》いでウトウトしていた。

目も半開きである。

なんというか、初めて年相応のところが見られた気がして小鳥は小さく笑った。

「眠くなったなら、寝て大丈夫ですよ」

小鳥はベッドの方に行きユイの隣に腰掛けると、自分の膝《ひざ》をポンポンと叩《たた》いた。

「……だい、じょうぶ」

そんなことを言いつつ、すでに半分寝かけているようである。

小鳥はそんなユイの頭に優しく手を添えると、ゆっくりと自分の膝の上に持ってきた。

「……だいじょうぶ、なのに」

「私がしたいんです。駄目ですか？」

「ダメじゃ、ない……」

そう言ってユイは全身の力を抜いて目を瞑《つぶ》った。

「大丈夫ですよ、私がいますから。夜になったら起こします」

「……うん」

小鳥はユイの髪を撫《な》でる。

サラサラと金色のきめ細かい髪が指の間を抜けていくのが心地よかった。

「やっぱり、こうしてると心が温かいですね……」

小鳥はしみじみとそう呟《つぶや》いた。

「……あたたかい？」

ユイが膝の上から小鳥に尋ねてくる。

「はい、温かいです」

「……わたし、体温はたしかに高いほう」

「ふふふ。そうですね、ユイちゃんの体は温かいです。でも、それだけじゃなくて、こうして誰かと触れ合えてると、心が温かくなります。ユイちゃんは温かくなりませんか？」

「分からない……いつも一人だし、それで困らないし」

確かにユイの無表情ながら結ばれた口元は意志の強さを感じさせる。

この年でずっと家で一人で過ごしても平気な子だ。

きっと強い子なのだろう。

「そうですか、強いんですね。私はユイちゃんと違って弱虫ですから、結城さんが帰ってくるまで一人でいる時間は寂しいです。寂しいときはこうして誰かがそばにいてくれるのは嬉《うれ》しいです」

「そう……でも、わたしは一人で大丈夫、ずっとそうだったから……」

そう言ったユイの声は強がっているのではなく、ただそれが当たり前だからと思っているような声だった。

そんな姿が、少し前の理不尽を当たり前だと思っていた自分と重なった気がして。

ああ、この子には私の前ではゆっくりしてほしいな、と。

そんなことを思った。

……やがて。

「……スゥ、スゥ」

ユイが静かで深い寝息を立て始めると、小鳥はベッドの布団をその小さな体にかけた。

そして、寝息に合わせて静かに上下するその背中を優しくさすり続けるのだった。

◇

「……ふう。今日も疲れたなあ」

仕事を終えてアパートの扉の前に立った結城は肩をくるくると回しながらそう言った。

給料も上がったことだしということで少し張り切りすぎたかもしれない。

「ふふふ、今日は手土産を持ってきたぞ」

老舗《しにせ》の和菓子屋のいちご大福である。小鳥の大好物だった。

昇給祝いと日頃の感謝というところだ。

「さて、小鳥の喜ぶ顔が楽しみだな」

結城は鍵穴《かぎあな》に鍵を差し込んでひねる。

ガシャン、と音がして鍵が開いた。

昨日は例外だったがいつもならここで、中から小鳥が玄関に向かう音が聞こえるのだが
……。

「あれ？　今日も聞こえないな」

どうしたのだろうか？　結城は疑問に思いつつ扉を開ける。

「ん？　ああ、ユイが来てるのか」

靴を脱ごうとした時に、足元に小鳥のものではない小さな靴があることに気がついた。

結城は家に上がると、居間の方に歩いていく。

「小鳥ー、ただい……ああ」

居間に入ってその光景を見たとき、結城は全てを察した。

小鳥は結城の方を向いて、口の前に人差し指を立てる。

（……ただいま、小鳥）

結城は小声でそう言いながら、右手でＯＫマークを作る。

（おかえりなさい、結城さん）

こちらも小声でそう言った小鳥の膝の上では、金色の髪の少女が気持ちよさそうに寝息を立てていた。

……ああ、やっぱり小鳥は強くて優しい子だなあ。

ユイの安心しきった寝顔を見て、結城は改めてそう思った。

（あ。結城さんのご飯用意しないと）

（大丈夫、そのままにしといてやりなよ。あとは温めてよそうだけだろ？　それくらいは今日は俺がやるよ）

（……でも、仕事で疲れてるでしょうし）

（いいっていいって、むしろコッチがいつもありがとうな。ってわけで、ほらこれ。小鳥の好きな和菓子。給料上がったから調子に乗って買ってきちゃった。冷蔵庫入れておくな）

結城はそう言うと、和菓子を冷蔵庫に入れて小鳥がすでに用意していた豚汁の鍋《なべ》を火にかけた。

「……ん？」

料理を自分で盛り付けている途中、後ろからやけに小鳥の視線を感じた。

どうしたんだ？

と小鳥の方を見て首を傾げるジェスチャーで問いかけてみるが、小鳥は気にしないでくださいというように首を横に振った。

(なんだろ？　まあ、それにしても)

結城は作業をしながら居間の方を見る。

眠っているユイと、その頭を優しい表情で撫でている小鳥の姿がそこにある。

どこか神聖で同時に親しみがあって、そして懐かしい温かさが二人を包んでいる気がした。

(……はは、まるでホントに親子みたいだな)

コッチまで温かい気分になって自然と頬が緩んだ結城だった。

◇

結城が静かに夕食を食べたり風呂《ふろ》に入ったりしている間も、ユイはぐっすり眠っていた。

今日はいつもより早めに帰ってきたとはいえ、もうかなり遅い時間である。

(そろそろ起こしたほうがいいかな……)

あまりここで眠りすぎて、自分の家に戻ってから眠れないというのも良くはないだろう。

などと思ってユイの顔を覗《のぞ》き込むと。

「……ん」

ユイの眉《まゆ》がピクリと動いた。そして薄くその瞳《ひとみ》が開かれる。

「……おとうさん？」

「いや、違うが」

「ふふ」

小鳥が少し吹き出しそうになっていた。

ユイはムクリと小鳥の膝《ひざ》から体を起こすと、ボーっとしながら結城の顔を見た。

「……おとうさんじゃない」

「そのとおりだな」

「……なぜ、ここに？」

「俺の家だからだと思うぞ」

相当寝ぼけているらしかった。

ユイはそう言われて、キョロキョロと周囲を見回す。そして、小鳥の顔を見る。

「おはようございます。ユイちゃん」

小鳥はそう言って笑った。

「……おはよう」

「よく眠ってましたね」

「うん……」

ユイはスマートフォンを手に取って画面を見る。

「そろそろ戻る。ありがとうね小鳥」

ユイはそう言うと、ベッドから降りて玄関に向かった。

結城と小鳥は二人で玄関までユイを見送る。

靴を履いてトントンと地面をつま先で叩くと、振り返って二人の方を見る。

「……」

「どうしました、ユイちゃん？」

「何か忘れ物かな？」

結城がそう言って部屋の方を見ようとするが。

「……また」

ユイは小鳥の方に目線を向けて言う。

「また来てもいい？」

「……」

小鳥は少しポカンとしていた。一瞬、ユイに何を言われたか理解できなかったのだろう。

しかし、少しすると。

「はい、いつでも来てくださいね……あ、でも」

小鳥が結城の方を見る。

「ん？　ああ」

まあ、考えてみればこの部屋は結城の部屋である。あまりにも普段から小鳥と過ごしすぎて忘れていた。いつでも来てくれというには、確かに家主の許可は必要だろう。

ユイもこちらに視線を向ける。

「もちろん、いつでも来てくれよ」

結城がそう言うと、ユイは小さく頭を下げてお礼をして結城の部屋をあとにした。

ガチャン、と扉が閉まる。

「……」

「……」

部屋の中に訪れる沈黙。

人が一人減っただけで結構空間的にも広く感じるものだな、と結城は思った。

「……さて、小鳥は晩ごはんまだだよな？　なんならついでだから今日は俺がよそって」

そう言いつつ、隣の小鳥を見ると。

「んーっ!!」

小鳥は両手を体の前で握りしめて、嬉しさを噛《か》み締めていた。

「……小鳥？」

「結城さん!!」

バッと音が鳴るんじゃないかという勢いで、結城の方を向く小鳥。

「聞きましたか、ユイちゃんのさっきの!!」

「お、おう?」

「また来ていい？　って。また来ていいかって、言ってくれましたよ!!」

今にも嬉《うれ》しさが破裂しそうな表情だった。珍しいくらいテンションが上がっている。

なんだか結城まで嬉しくなってきた。

「思いが通じたな、小鳥」

「結城さん!!」

小鳥は結城のお腹のあたりに抱きついてきた。

「やりました!!　結城さんが背中を押してくれたおかげです!!」

「頑張ったのは小鳥だよ。さすがだな」

なんというか、今の小鳥は子供みたいでいつもと違う可愛さがあった。

思わず頭を撫《な》でてしまう。

しばらくそうしていると、少し落ち着いたのか小鳥の呼吸や心音はゆっくりになった。

落ち着いたあともしばらく互いの体温を味わっていたが。

「そろそろ戻るか」

そう言って、小鳥から離れようとすると。

ギュッと小鳥が結城の背に回している腕の力を強めてきた。

まだ離れたくないと、言外にそう言っていた。小鳥がこういうことをするのは珍しい。

「どうしたんだよ……今日はいつもより甘えん坊だな」

冗談っぽく結城がそう言うと。

「……だってその」

抱き合ったままで小鳥が言う。

「さっき、結城さんが帰ってきたとき。私が眠っているユイちゃん見ていて動けないときに、嫌な顔一つせずにご飯の準備してくれたじゃないですか」

「そりゃまあ、そうするだろ」

「それだけじゃなくて、私の好きなもの買ってきてくれて『いつもありがとう』って。その後もユイちゃんが起きないように、気を遣って過ごしてくれて。それで、その……あ、すいませんやっぱり恥ずかしいです」

「いやいや。そこまで来て言わないのはさすがに気になるぞ」

「ええと、その……わ、笑わないでくださいね」

小鳥はまた少しためらったが。

「……そんな結城さん見てると、子供ができたとしても、私も子供もどっちも大事にしてくれるんだなって思って」

　そんなことを言った。

「そしたら結城さんと離れたくなくなっちゃいました。すいません……やっぱり変ですよね。今結城さんとの子供ができた時のこと想像したりなんかして……」

　離れますね、と言って今度は小鳥の方から離れようとしたところを。

　ギュウウウ、っと。

　今度は結城が抱きしめて自分の方に引き寄せた。

「ゆ、結城さん!?」

「小鳥ぃ、お前は……ほんっとに、可愛いなあ!!」

　なんだよこの愛《いと》しい生き物は。

　一生大事にするぞこのやろう。

「もういいや、今日は寝るまでこうしていよう」

「ええ!?　さ、さすがにそれは」

「……嫌か？」

　結城がそう聞くと、小鳥は腕の中で首を横に振る。

「……いいえ。嬉しいです」

　そう言って小鳥も結城の方に体を預けて来た。

残念ながら小鳥が風呂に入るときに一度離れたが、その日はその時以外はずっと二人で抱き合っているか手を繋《つな》いで過ごした。

そして、少し手狭なシングルベッドに二人で身を寄せ合って眠ったのだった。

部屋が分かれてから、久しぶりの小鳥と二人で眠る夜。

コレまでの人生で一番ではないかというくらい、すごく安らかで深い眠りにつくことができた結城だった。

第四話　結城とユイ

結城《ゆうき》と小鳥《ことり》が久しぶりに一緒に眠ったあの日以来。

ユイは毎日のように部屋に来るようになった。

小鳥もそれを非常に喜んでおり、小鳥と二人きりの時間が少々減ったのは悲しいが、嬉しそうに三人分の料理を作っている姿を見たりすると、こっちまで幸せな気分になるというものだ。というか、本当にユイが来てから小鳥は楽しそうである。

子供が好きと言っていたが、どうやら本当だったらしい。相変わらず会話が弾むわけではないが、一緒に風呂《ふろ》に入ったり髪の毛をとかしてあげたりと、ユイがいてくれることそのものが嬉しくて仕方ないようである。

ユイも掃除の手伝いをしたりして、褒められると無表情な顔を結城でもちょっと分かるくらいに綻《ほころ》ばせたりしている。

二人の関係は本当に良好だ。

年の離れた姉妹というか、本当の母親と娘というか。

でまあ、そうなると必然的に小鳥だけではなく結城とも一緒にいる時間が増える。

……ということにはならなかった。

会う回数自体は増えているのだが、ユイは結城が帰ってきて少しすると帰ってしまうのである。話しても一言二言といった感じである。

（なんか俺、避けられてる？）

そんなことを思う結城である。

嫌われるようなことをしたつもりは無かったのだが、いかんせんユイくらいの歳の女の子の気持ちというのが分かる自信は全くといっていいほど無い。

そんな中、本日。

結城は久々に午前中しか予定が入っていなかった。

土曜日で学校は休みで、バイトも午前中で終わり。

だが残念なことに、こんな日に限って小鳥だけは転入生が受けなければならない試験と授業があるということで学校がある。

まあ仕方ないので折角《せっかく》の休日ということでバイトを終えて帰った後、一人黙々と勉強をしていた結城の下に。

「……おじゃまします」

そう言ってユイが訪ねてきたのである。

「ああ悪いな。小鳥は今日学校でさ。帰ってくるのは夕方かな」

「……待ってる」

そう言って、家に上がってくるユイ。

「ん、いいのか？　俺しかいないけど」

「……うん」

（なんだろ、避けられてると思ったんだけどな）

ともかく初のユイとの一対一。結城は小鳥が帰ってくる夕方まで、この状態で過ごさなくてはならないことになったのである。

◇

（……ってわけで、ユイと二人きりなんだけど）

正直、小鳥に偉そうなことを言っておいてアレだが、どう接していいかサッパリ分からなかった。

そもそもユイは自分のことを避けてるフシがあるから、無理に話したりする必要も無いのかもしれないが。

結城は物理の問題を解きつつも、横目でチラリとベッドの方を見る。

そこでは、ユイがベッドに座っていつもどおりスマートフォンをイジっていた。

やっているのはたぶん、いつものアプリゲームだろう。

ちらっと画面を見たことがあるが、色んな国の領主になって物資や人員を揃えて他国を侵略して領土を広げていくみたいなゲームだったはずである。

ユイはよほど気に入ってるのか、いつもそのゲームをやっている。

……まあでも、物は試しだ。何か話しかけてみるか。

「なあユイ。喉《のど》渇いていないか？」

「……へいき」

一言シンプルにそう返すユイ。

「そのスマホゲームってどんなのなんだ？」

結城がそう聞くと、ユイはスマホをゲームとは違う指の動きで操作する。

「……送った」

「ん？」

結城が、ユイが指を差した方にある自分のスマホを見ると、小鳥経由で一応登録しておいたユイのアカウントからメッセージが届いていた。

中身はゲームの説明が書かれたサイトのＵＲＬである。丁寧にプレイ動画のリンクもつけてくれていた。

「お、おう。ありがとな」

結城がそう言うと、コクリと頷《うなず》くユイ。

どういたしましてということだろうか。

「うーむ」

余計に分からなくなった。

ワザワザＵＲＬを送ってくれたのは丁寧なのか、それとも自分と話したくないだけなのか。結城がそんなことを考えていると。

クイッ、クイッ。

「ん？」

いつの間にか側に来ていたユイが服の袖《そで》を引っ張っていた。

「お、おう。どうしたんだ？」

ユイが自分からこちらにアクションを起こしたのは初めてである。

少し驚いた。

「……あれ」

ユイが指差した方にあったのは、前に小鳥のために買ってきたゲーム機だった。

「なんだ？　やりたいのか？」

コクリコクリと頷くユイ。

「……やったことないから」

「え？　そうなのか……いやまあ、俺も小鳥に付き合ってやるくらいだけど」

いつもスマートフォンでゲームをしているから、ゲーム好きなのかと思ったが。

「そうか。じゃあ、つけ方教えるよ。どのゲームがいい？」

ちなみに最初に買った『聖槍伝説３』というＲＰＧ以外にも今はソフトがいくつかある。

「これ」

そう言って手に取ったのは対戦型の格闘ゲームだった。

「え？　それか？」

少し意外である。

「……へん？」

「いや、変ってこたないけど。ユイっていつも一人でコツコツとやるスマホゲームを好んでやっていたみたいだし、なんとなく一人でもできるＲＰＧを選ぶと思ってたからな」

結城がそう言うと。

「これなら……皆で一緒にできるから」

「……なるほどな」

その考えは無かった。

確かにその場にいる人と一緒にできるというのは据え置きゲームの特徴だろう（一応『聖槍伝説3』も二人で遊べはするが）。

結城はユイの素直な感性に少し感心しながら、ゲーム機にディスクをセットしてスイッチを入れる。

すると、前に大谷《おおたに》からもらった画面に大仰なＢＧＭと、ポリゴンのキャラクターたちが映し出される。

「よし、これでプレイできるぞ。好きなキャラ選んで戦えばいい」

そう言ってユイにコントローラーを渡す。

「……ありがとう」

「じゃあ、分からない事あったら言ってくれよ」

結城はそう言って勉強に戻ろうとするが……。

「……」

「ん？」

ユイがじっとコッチの方を見ていた。

「どうしたんだ？」

「……なんでもない」

ユイはそう言うと、画面の方に向き直って操作を始めた。

（んー？）

なんでもないと言ったが、ユイが黙ってこちらの方を見ているときは何かある事が多いと最近気がついた。小鳥の髪の毛を触る癖と似たようなものだろう。

この状況でユイが言おうとして言えなかったことと考えると。

（……もしかして、俺と一緒にゲームしたかったのか？　さっき「皆でできる」って言っていたし）

「なあユイ。せっかくの対戦ゲームだし俺もやっていいか？」

結城がそう言うと、ユイはぐるんとこちらの方を振り返り。

コクリコクリと、いつもより激しめに首を縦に振った。

（よ、喜んでるのかな？）

基本無表情なので分かりにくい。

「……結城できたえて、小鳥をびっくりさせる」

「小鳥これメチャクチャ強いから頑張れよ。ゲームとなると全く容赦なくなるし」

口を０の形に開けて意外そうな顔をするユイ。

まあ、普段の小鳥からするとだいぶイメージと違うだろう。コントローラーを持つと少し性格が変わるタイプである。

（……それにしても）

避けられてると思ったが、一緒にゲームすることをここまで喜ぶあたりそうでもないのだろうか？

そんなことを思いながら、結城はコントローラーを手に取る。

ちなみにユイのゲームの腕はとても初めてやるとは思えないくらいコントローラーの操作に慣れており、すぐに結城と勝負らしい勝負ができるようになった。

勝手の違うスマホゲームとはいえ、普段からゲームに慣れ親しんでいるがゆえのカンの良さというものなのだろうか。と、自分も現役の現代っ子でありながらそんなことを思う結城だった。

◇

「……んー」

昼休み。小鳥の作った弁当を食べ終わった結城は、いつもどおり参考書を広げつつも腕を組んで難しい顔をしていた。

「……あら、珍しいわね。得意教科の物理でアンタがそこまで頭悩ませるなんて」

こちらもいつもどおり、購買のパンを食べながら漫画を読んでいる大谷がそんなことを言ってきた。

　夏休み中にダイエットして凄《すさ》まじい美女と化した大谷だが、心なしかだんだんと体形が戻ってきた気がする。それを言ったら引っ叩《ぱた》かれそうなのでさすがに言わないが。

「んー、いやなんつーか、子供って難しいなあって思って」

　ガタン。

　と大谷が椅子の上から転がり落ちそうになる。

「……アンタまさか……いつかやらかすと思ってたけど、避妊は万全を期してやれって言っておくべきだったわ」

「ちげーよ!!　まだキスもしとらんわ!!　あれ？　そう言えばまだキスしてないじゃん!!　なんでだ!?」

「アタシが知るか……」

　いやしかし真面目に、毎日一緒に過ごして一緒のベッドで寝たりまでしてるのにおかしな話である。

（まあ、考えてみればどういうタイミングでしたらいいかとか分からないしなあ……）

　そういう雰囲気みたいなものがあるのだろうか？

「……で、アンタがやらかしたわけじゃないとしたら、いったいどうしたのよ？」

「ああ、それなんだけどな」

　結城は大谷にここ最近自分の家に来るようになった少女のことを話した。

小鳥と本当の親子のように仲がいいこと、そしてなぜかは分からないが自分が帰るとすぐに帰ってしまうこと。

「この前の休みの時は、小鳥が帰ってくるまで二人でゲームしたりして距離縮まったと思うんだけど、それ以降もやっぱり俺が帰るとすぐ帰っちゃうんだよな。好かれてるのか嫌われてるのか、あの歳の女の子の気持ちってホント分からんわ」

「……まあ、アンタは年齢関係なく女心とか分からないものね」

「そこについては……あんまり自信はないな、年齢関係なく」

彼女がいる癖に情けない限りであるが、相変わらず女友達は大谷だけの結城である。

「そうねえ。アタシから言えることはそんなに多くないけど……あ、ちょっと待って、コンタクトずれたわ……あーもう、やっぱり面倒くさいわね」

大谷はそう言うと、コンタクトを外してカバンからいつもの赤い縁の眼鏡を取り出す。

「やっぱりコッチでいいわ」

「みるみるうちに、見慣れた姿に戻っていくな……」

もう少し体重が増えれば完全に元通りだろう。

「それでまあ、そのユイちゃんって子についてだけど、もう直接『俺が帰るとすぐに帰るけどなんで？』って聞いてみちゃえばいいんじゃないかしら？」

「いや、さすがにそれは……」

聞かれた方は答えにくいのではなかろうか。

「『このくらいの歳の子はこうなんじゃないか？』なんて推測して悩んでるよりはよっぽどいいと思うけどね。それに、単純にアンタが嫌いってわけでもなさそうだし、子供にだって子供なりに考えてることがあるはずよ」

それに……と大谷は前置きして言う。

「話聞いてると、その子って何となく似てる気がするのよね」

「誰にだ？」

「小鳥さんに。だから、アンタから聞きに行ってあげたほうが向こうも話しやすいと思うわよ」

◇

「ユイと小鳥が似てる……か」

結城はその日のバイトの帰りにそんなことを考えていた。

見た目でいうと純大和撫子《やまとなでしこ》な黒髪少女の小鳥と外国の血が入った金髪碧眼《へきがん》のユイでは真逆と言ってもいいが、大谷が言ったのはもちろん性格のことだろう。

まあ確かに、二人共こちらから話さなければ自分からあまり人と話すタイプでは無かったりする。ユイの場合は話しかけても口数は少ないが……。

「だから俺から考えてることを聞いてやったほうがいいってのは、まあ確かにそうだなあ」

もしかしたら、ユイも小鳥と同じで自分の中に溜《た》め込みがちなタイプなのかもしれない。

「しかし、改めて大谷はすげえなあ」

結城が話したのを聞いただけで、こうして有益なアドバイスを送ることができるのだ。

いったいどんな風に生きていれば、自分と同じ年齢にしてあれだけの人生経験を感じさせる言葉が言えるのか……。

「……ん？」

そんなことを考えていると結城の目にいつもの帰り道と違う光景が飛び込んできた。

「ああ、この時間だと開いてるんだな」

電気のついた近所のスーパーマーケットだった。いつも結城が帰る時間には閉店していて電気が消えているのだが、本日はいつもよりバイトの時間が短めだったので真っ暗な中に煌々《こうこう》と光っていた。

「……そう言えば、小鳥がユイは甘いものよりしょっぱいものが好きって言ってたな」

ケーキよりも醤油《しょうゆ》せんべいが好きとのことだった。

「この前、藤井《ふじい》に薦められて食べたやつが美味《うま》かったな。お土産に買って帰るか」

今日は少しユイと話をするつもりなので引き止めておく必要がある。

（娘の関心を引くためにお土産を買って帰る父親ももしかしたらこんな感じなのかもしれないなあ……）

世のお父さんたちの切ない気分に共感しつつも、結城はスーパーの中に入る。

久しぶりに来たので内装が変わっており、結城はしばらく製菓コーナーを探して歩き回る。

「買い出しとかも小鳥に任せっぱなしだからなあ」

休みの日には手伝おうと思っているのだが、小鳥は結城が休みの日はそういう用事を必ず前の日までに全て終わらせているのだ。働いている結城に手間はかけさせないというプライド……というか当然そういうものだと思ってる感じである。

もしかしたら、プロ野球選手だった父親を支えていた母親の背中を見て育ったのかもしれない。本当にできた彼女である。可能なら今すぐ結婚したい。いや、ホントに。

「あ、あったあった」

結城はようやく製菓コーナーを発見した。

目当ての醤油せんべいは見えやすい位置に置いてあった。パッケージに去年の売上ナンバーワンという文言がのっている。どうやら、製菓業界では勢いのある商品らしい。確かに結城としても美味《おい》しかった。結城は二袋ほど手に取るとレジに向かう。

と、その時。

「……あ」

野菜コーナーに見慣れた人影を見つけた。

「……小鳥、ブロッコリーとってきた」

「ありがとうユイちゃん。あ、これ凄《すご》くいいものですよ。よく分かりましたね」

「前に緑が濃いやつがいいって、小鳥言ってた……」

「ふふふ、覚えててくれたんですね。ありがとうございます」

そう言って小鳥はユイの頭を撫《な》でる。

ユイも相変わらず無表情ではあるが、少しだけ嬉《うれ》しそうに目を細める。

「……なんか、ホントに親子みたいだよな」

結城はそう呟《つぶや》くと二人の方へ歩いていく。

「よう。二人共」

「あ、結城さん。今帰りだったんですね」

小鳥が手に野菜を持ちながら結城の方を見る。

「……（コクリ）」

ユイは言葉には出さないが、軽く頭を下げて挨拶《あいさつ》する。

「お、今日はシチューか？」

結城は買い物カゴの中の食材を見てそう言った。

小鳥の作るシチューは味が濃く、ご飯にかけて食べると非常に美味しい。結城の家ではシチューをご飯にかけるという文化が無かったため、最初は抵抗があったが一口食べたら今まで自分はなんて狭い世界で生きていたんだと後悔したほどである。

「結城さんは……おやつを買いに来たんですか？　珍しいですね」

小鳥が結城が手に持っている醤油味のせんべいを見てそう言った。

「ん？　ああ、そんなとこだな。まあ、せっかくだから一緒に買い物付き合うよ」

結城はそう言うと、小鳥の持っているカゴを代わりに持ってその中にせんべいを入れた。

「ありがとうございます」

小鳥はそう言って頭を下げる。

「いいっていいって、ユイも一緒に買い物させてもらっちゃっていいか？」

「……」

ユイは黙ったまま小さく頷《うなず》く。

その時。

ピピピっと携帯の着信音が聞こえてきた。場所は小鳥の服の中からである。

「あ、すいません。マナーモードにしておくの忘れてました」

「いいっていいって、友達からか？」

クラスで連絡に使うメッセージアプリの通知ではなく、小鳥の携帯に直接電話がかかってくるとなると考えられる相手はそれほど多くない。

「ええと……」

小鳥が携帯の着信画面を見て表情を強張《こわば》らせる。

「……お父さんの弁護士さんからです」

小鳥はそう言うと、結城とユイの方を申し訳無さそうに見る。

「切れる前に早く出なよ。待ってるから」

「……うん。待ってる」

ユイも弁護士という言葉と小鳥の態度でなんとなく事情は察したらしく、そんな事を言う。小鳥は小さく頭を下げると、電話に出ながら小走りで人の少ない休憩コーナーの方に向かっていった。

結城とユイも休憩コーナーの近くのイートインスペースに移動して、小鳥の電話が終わるのを待つことにした。

「……そういえば今日だったな」

結城は休憩コーナーの隅で不安そうな顔で電話をする小鳥を見ながら思い出していた。

今日は小鳥の父親、清水《しみず》浩司《こうじ》の裁判の日である。

小鳥は傍聴したいと言ったが、弁護士から「清水さんの今の心理状態を考えると裁判の場で娘さんの姿を見ると衝動的に虐待の罪をその場で話してしまうかもしれない」と言われ止められた。

判決がどうなるかは結城には分からない。自分で調べてみもしたが状況も複雑でどの判例が適応されるのか素人には分からなかった。

一番の問題は執行猶予がつくかどうかだろう。執行猶予がつけば執行猶予中に罪を犯さない限り刑務所に入る必要はなくなる。

ただ、あまり小鳥が悲しまないことになればいいと、そう思う。

「悪いなユイちゃん、待たせちゃって」

結城はテーブルを挟んで向かい側に座るユイにそう言った。

ユイは結城の言葉にふるふると首を横に振る。

「……わたしこそ、ごめん」

「ん？　ごめんって何が？」

結城にはユイに謝られるようなことをされた覚えなど無いのだが……。

「……だって結城と小鳥の二人のじかん、今、じゃましてるから」

「え？　そこ？」

結城は思わず、ユイの顔をマジマジと見つめてしまう。

まさかそんなところを配慮していたとは驚きである。

（ということはまさか……）

結城はユイに聞いてみることにした。

「なあユイ。もしかして、普段俺が帰ってきたらすぐに帰ってたのも小鳥と俺の二人の時間を邪魔しないためだったりするのか？」

ユイは首を縦に振る。

「うん……だって、大切な時間なんだよね？」

当然のことのようにユイはそう言った。

（……ああ）

結城にも大谷が言っていた言葉がようやく分かった気がした。

確かに小鳥とユイは似ている。

この子は……いい子だ。単純にメチャクチャ相手のことを考えるいい子なんだ。

それも小鳥と同じで、他人に対する気遣いや優しさが本人としては当たり前のことだと思っているタイプだ。

「はあ、なーんだ」

結城は深いため息をついた。ずいぶんといらぬ心配をしていたものだ。

「……どうしたの？」

「いや、ぶっちゃけると、俺が帰ってくるとすぐ帰るのは俺のこと嫌いだからなんじゃないかと思ってたんだよ」

「……ごめん」

普段の表情よりも眉《まゆ》が下がって、分かりやすく申し訳無さそうにするユイ。

「いやいや、俺が勝手にアホな勘違いしてただけだからさ。でも、うん、良かったよ嫌われてなくて」

「……わたしは結城好きだよ？」

「お、おう。そうか」

『好き』という言葉は、小鳥に言われても未《いま》だにちょっと照れくさい結城である。

「気をつけたほうがいいぞ。その見た目であんまり簡単に好きとか言うとクラスの男子とか勘違いしちゃうからな」

「……？　分かった気をつける」

正直、あまり分かっていない様子でユイは頷いた。

「お待たせしました……」

ちょうどその時、小鳥が電話を終えて戻ってきた。

その表情は……残念ながらあまりいいものではなかった。

ユイの前だからいつにも増して辛《つら》さを表に出さないようにしているが、結城から見れば一目で分かるくらいに落ち込んでいる。

（……判決、あんまり良くなかったのか？）

結城は小声で小鳥に尋ねる。

（三年だそうです……執行猶予は付きませんでした。控訴はしないそうです）

（そうか……）

結城は何度か面会で会っている清水の顔を思い出す。

案外、清水自身はこの判決に満足しているかもしれないと思った。

自分の娘を苦しめ続けたことを後悔しているのに、その娘本人は清水を許してしまっている。そのことに対して居心地が悪いと前に口にしていたのだ。

だから執行猶予を勝ち取るための控訴はせずに、刑務所で罪を償うことを望んだのかもしれない。

「さあ、お買い物の続きをしましょう!!」

少し無理に声を張って小鳥はそう言った。

ただその娘本人は、仕方ないこととは思いつつも気持ちとして割り切れないようだが。

（ユイがいるとはいえ、こんなときくらいは人に気を遣わなくてもいいのにな……）

そんな事を結城が思っていると。

ユイが立ち上がってテクテクと小鳥の隣にやってきた。

「……小鳥」

「なんですかユイちゃん？」

ユイは自分の右手を小鳥に差し出した。

「……手」

「手ですか？」

「……うん」

頷くユイ。小鳥は疑問に思いつつも、自分の左手を差し出す。

ユイはその手を自分の小さな右手でできる限り包み込んだ。

「どうしたんですかユイちゃん急に」

「……小鳥、辛そうな顔してたから」

「ええと……」

少し困った顔をする小鳥。

「……寂しいときは、だれかがそばにいてくれると嬉しいんだよね？」

小鳥がハッとしてユイの顔を見る。

結城の知らない、二人の間のやり取りで小鳥が言った言葉なのだろう。

ただ、結城にもユイが精一杯相手の辛い気持ちを和らげようとしてるのは伝わってくる。

小鳥は目尻《めじり》に涙を浮かべながらユイの手を優しく握り返す。

「……ねえ小鳥。あったかい？」

「はい……」

結城はその後、手を繋《つな》いで仲良く買い物をする小鳥とユイを優しい心持ちで見ていたのだった。

◇

買い物を終えた結城たちはスーパーを出た。

「それにしても、鶏《とり》胸肉が特売だったのは運が良かったですね」

小鳥は嬉《うれ》しそうにそう言った。

「……小鳥、げんきになった」

「はい、ユイちゃんのおかげです」

小鳥はユイと繋いだ手を嬉しそうに振る。

「……うん。よかった」

満足げな表情でそう言うユイ。

「俺からもありがとうなユイ」

結城がそう言ったのを聞いて、結城の方を見て空いている方の手を見て親指を立てるユイ。わたしに任せておけ、と得意げな感じである。

　ちょっと子供らしい感じがして微笑ましい。

「……」

　と、その後になにかに気がついたらしく、自分の親指を立てた左手と結城の顔を交互に見比べる。

「……せっかくだから、結城も」

　ユイは小鳥を指差してそう言った。

「ああ、小鳥と手を繋ぐのか？　って言ってもな、小鳥は片手塞《ふさ》がってるし……」

　予定よりも少し多めに買い込んでしまったため、買い物用バッグには入り切らずにレジ袋に入れてもらった分がある。

　そのため袋は二つ。重い買い物バッグの方は結城が持って、レジ袋の方を小鳥が持っている状態だ。

「……こまった」

　ユイはそう言った。

「結城さんとユイちゃんで手を繋げばいいじゃないですか」

　そう言ったのは小鳥だった。

「……でもそれだと小鳥があったかくないし」

　ユイのその言葉に小鳥は微笑みながらゆっくりと首を振る。

「ユイちゃん。あったかさって触れ合っていることだけじゃないんですよ。一緒にいるのを感じることなんです。だから、ユイちゃんと結城さんが手を繋いでくれたら、ユイちゃんと手を繋いでいる私も結城さんと手を繋いでいるのと同じなんです」

「結構強引な理屈だなあ」

「まあまあ、いいじゃないですか。三人で手を繋いで歩くの楽しそうですし」

ニコニコしながらそんなことを言う小鳥。こういうときにはちゃっかり遊び心がある結城の彼女だった。

「……じゃあ」

ユイは結城に空いている左手を差し出す。

「……いやじゃなければ」

少しだが、応じてもらえるか不安な表情をするユイ。

そんな表情を見ていると、ついさっきまでユイに嫌われているんじゃないかとか考えていた自分を見ているようで思わず小さく笑ってしまう。

「ああ、よろこんで」

そう言ってユイと手を繋ぐ。

ユイの手は小さかったが、体温が高いのか凄《すご》く温かかった。

「……結城は、あったかい？」

「ああ、あったかいな」

ユイは小鳥の方を見る。

「はい。あったかいですよ」

「……うん」

嬉しそうに頷《うなず》くユイ。

「さあ、帰ろうぜ」

結城がそう言って、三人は歩き出した。


時間は夕暮れ時。

伸びる影は大きな影が二つと、その間に小さな影が一つ。

その影はお互いの手を繋いでいて、とても温かくて幸せそうな形だった。

第五話　結城と小鳥とミナ

　ユイが結城《ゆうき》の家に来るようになって一か月がたった。

　相変わらずユイは結城の部屋に出入りしているのだが、一つだけ変わったところがある。

「ただいまー」

　今日も仕事を終えて夜遅くに結城は帰ってきた。

「おかえりなさい」

　笑顔で出迎えてくれるのは小鳥《ことり》だ。

　寝巻に使っているジャージで出迎えられると、凄く生活感があって「ああ、帰ってきたんだな」という気分になる。

　結城が上着を小鳥に預けて居間に上がると、ユイがベッドの上でスマートフォンをイジっていた。

「……おかえり」

「おう、ただいまユイ」

結城におかえりを言うと、ユイはまたスマートフォンの画面に目線を戻す。

特に結城と話をすることもないが、帰ろうとする様子はなかった。

結城はその様子を見て小さく笑う。

そう、ユイは三人で手を繋いで帰ったあの日から結城が帰ってきても帰ることはなくなった。

それでも寝る前のベッドの前で小鳥と手を繋いでゆっくりする時間を見計らって、自分の家に戻っていくあたりは、本当に気が利くいい子だなと思う。

結城も気がつけば家にユイがいるのが当たり前になっていた。

ユイはたまに一緒にテレビゲームをするくらいで、ほとんどはスマートフォンをイジるか学校の宿題をやっている。そのため結城が勉強をする邪魔にもならない。

小鳥も家事や勉強を一人で黙々とする時間が長いので、基本的には三人は同じ部屋にいてもそれぞれ自分のことをやっている状態である。

だが、それがなんとも心地よかった。小鳥もユイも同じ気持ちだろう。

別々のことをやっていても、確かに三人は一緒にいるのだ。

◇

――そんなある日の夜。

「それにしてもユイのやつ、魚の骨取るの相変わらず苦戦してたなあ」

「ふふ、結城さんも最初そうだったじゃないですか」

結城と小鳥はいつものように、ベッドの前で二人で手を繋いでくつろいでいた。

ユイは三人で夕食を食べた後少しして自分の部屋に帰っていったので、今は本当に二人きりの時間である。

二人きりなのだが……。

「そう言えば明日からユイは宿泊授業だっけ？」

「はい。明日から二泊ですね」

「そう言えば、ユイって学校ではどうなんだ？　あんまり喋《しゃべ》らないせいで、からかわれたりとかいじめられたりとかしてないといいけど」

「学校のお話はたまに聞きますけど、上手《うま》くやっているみたいですよ。ほら、ユイちゃん無口だけど意思表示はしっかりしますし」

「ああ。ユイのやつ、俺たちみたいな歳の離れた相手にも言うときは言うからなあ……って、二人でいてもユイの話ばっかりだな」

そう。

ここ最近は小鳥と二人でいる時も、話題の中心はいつもユイなのである。

「これじゃまるで、親みたいだな……」

結城は若干自分自身に呆《あき》れたようにそう言った。

「ふふ。私もユイちゃんが自分の子供みたいに感じるときがありますよ」

小鳥は楽しそうに笑う。

まあ確かに最近家事をしている小鳥の下にユイがテクテクと歩いていくところなどを見ると、なんというか「可愛らしいなあ」とか「元気に大きくなってほしいなあ」とか思ったりするようになった気がする。

(これが親心というやつか……いや、別にホントに親になったことないからそうなのかは分からないけども)

まあ自分はまだしも、小鳥とユイはホントに親子みたいだよなと思う。

結城はまだそこまでユイと関わる時間が長いわけではないが、小鳥に関しては放課後は結構長い時間ユイと一緒にいるのだ。

だから、そういう気持ちも結城よりは強いのだろう。

そんな話をしていると。

ピンポーン。

と、玄関のチャイムが鳴った。

「ん？　誰だろうこんな遅くに。宅配便は無いはずだけど」

結城がそう言う間に、スッと小鳥が立ち上がって出ようとする。

このあたりの反応の早さは、さすが普段家事を切り盛りしてるだけあるなと感心する。

が。

「俺が出るよ小鳥、こんな時間だから不審者かもしれないし」

「え、あ、はい。ありがとうございます……」

小鳥はなぜか恥ずかしそうに声を萎《しぼ》ませる。

「なんで顔赤くしてるんだ？」

「いえ、その……私のこと守ろうとしてくれるところがカッコいいなと思って……」

「お、おう……それはどうも」

そんなことを言われると、結城まで照れくさくなってしまう。

結城は熱くなった顔を冷ましつつ玄関に行く。

そして、のぞき穴から外の様子を見るが……。

「……あれ？」

そこには誰もいなかった。

誰かのいたずらか？

と思いつつも、結城は扉を開ける。

「あれ？　ユイじゃないか」

視線を下げると、数時間前に部屋に戻って行ったばかりのユイがちょこんとそこに立っていた。

服装は普段見ている小鳥の元いた学校の初等部の制服ではなく、水玉模様のパジャマである。その手には同じく水玉模様の枕を持っている。

「どうしたんだ？　何か忘れ物か？」

ユイは首を振ると小さく呟《つぶや》く。

「……夢」

「夢？」

「……怖い夢、見た」

怖い夢？

まあ、確かに結城もたまには見るが……。

「それで、その……」

ユイは少し言いづらそうに枕をギュッとする。

（……ああ）

なるほど。

結城はようやく理解した。

（そうだよな。無口でしっかりした子だけど。まだ小さい女の子だもんな）

結城は少し頬を緩めて言う。

「上がりなよ。小鳥もまだいるからさ」

「……」

ユイはコクリと頷いた。

◇

「ユイちゃん⁉」

パジャマ姿のユイを見て、小鳥は少し驚いたような声を上げた。

「どうしたんですか、こんな夜遅くに」

「怖い夢見たから、今日は小鳥と一緒に寝たいんだってさ」

「……え？」

小鳥は目を丸くして、ユイを見る。

「……（コクリ）」

ユイは小さく頷く。

小鳥は思ったよりも驚いたらしく、少しの間座ったまま固まっていたが。

「……ふふ、そうですか」

やがて嬉《うれ》しそうに。それはもう、本当に嬉しそうに笑った。

そしてベッドの上に座ると。

「いらっしゃい、ユイちゃん」

ユイを迎え入れるように両手を広げた。

「……うん」

ユイはテクテクと歩いて、そんな小鳥の腕の中に体を預ける。

「大丈夫ですよー。私がいますからねー」

小鳥は優しい声でそう言いながら、ユイの頭を撫《な》でる。

「……うん。ごめん、弱虫で」

「そんなことないですよ。誰にだってそういう日はありますから」

「ありがとう……」

ユイは小鳥の胸に顔を埋《うず》める。その小さな体をギュッと抱きしめる小鳥。

（……ホント。親子だよな）

少々、呆れ気味に。しかし、どこか自分も温かい気持ちで結城はそんなことを思った。

（さてと……）

結城は押し入れを開けると、その中から布団を取り出す。

久しぶりに出す布団である。前に使ったのは、小鳥が隣に引っ越す前だ。あれからもう二か月近く経つんだなと、昨日のことのように思い出す。

　そんなことを考えていると。

「……結城、何してるの？」

　ユイが小鳥の胸元から顔を上げてそんなことを聞いてきた。

「ん？　何って、俺ももう寝るから布団敷こうと思って。今日はベッド二人で使いなよ」

「……」

　ユイは少し眉《まゆ》を寄せた。その表情の変化がどういうことを意味するのか、結城には分からない。だが、ユイは一言。

「……結城はいっしょじゃないの？」

　と、そう言った。

「え？」

　思わぬ問いに間の抜けた声を上げる結城。

「……」

　ユイは無言でこちらを見つめてくる。

「それはさすがになあ」

　彼女である小鳥とならまだしも、よその小さな子と一緒に寝るのは色々とまずくないだろうか？

「……」

　だが、ユイは相変わらず何も言わずにこちらを見つめてくる。

　そして、その表情は少しだけ不安そうに見えなくもないような気がした。

「いいじゃないですか結城さん」

　そう言ったのは小鳥だった。

「小鳥？」

「三人のほうが暖かいですよ」

　小鳥は少しいたずらっぽくそう言った。

「……（じー）」

　そして相変わらずこちらを見つめてくるユイ。

　結城はため息を吐いて、押し入れを閉める。

「ああもう、分かったよ」

「てか、三人だとさすがに狭くないか？」

「くっつけば、大丈夫ですよ」

　小鳥はそう言って、ベッドの上に倒れ込むと壁際まで転がった。

「……」

　ユイもベッドの上に行き、モゾモゾと動いて小鳥の横に並ぶ。

小鳥が空いたスペースを指差しながら言う。

「どうぞ、結城さん」

微笑みながらそんなことを言って来た。

ユイも小鳥のノリに乗っかって手招きをしている。

「……まあ、こういうのもいいか」

ようやく観念した結城は、部屋の電気を消した。月明かりが三人を少しだけ照らす。

すでに寝る準備は済ませてあるので、後は寝るだけである。

結城も空いたスペースに横になる。

「ちょっと狭いなやっぱり」

「もっとくっつきましょうよ、結城さん」

「ユイはそれで大丈夫か？」

「……うん。あったかいほうがいい」

「そうか」

結城は言われたとおり二人との距離を詰める。小鳥の顔が近づき、体にユイの温かい体温が当たる。うん。コレなら少し狭いが眠れなくはない。

「布団は一枚でいいな」

人肌ですでに十分暖かい。結城は薄い方の布団を三人にかける。

その拍子にユイの体がすっぽりと埋もれてしまった。ユイは布団の中でモゾモゾと動くと。にゅっと、布団の中から顔だけ出した。

「……結城、狭くない？」

「ん？　ああ、大丈夫だよ」

こういう時にも気を遣えるのは、本当に優しい子だなと思う。

結城は聞いてみることにした。

「なあユイ。怖くなくなったか？」

「……」

結城がそう言うと、ユイは先ほど小鳥にしたのと同じように結城の胸に顔をうずめてきた。

「……うん。怖くない。あったかい」

「そうか……それは良かった」

結城は思わずユイの金色の髪を撫でる。ユイは嬉しそうに目を細めた。

そして、安心したようにゆっくりと目を閉じる。

そんな様子を見て、結城は自然とこんな感想が浮かんだ。

（ああ、俺がやっても安心してくれるんだな）

何度か小鳥がユイにこういうふうにしているのは見ていた。

ただ仕事で帰りの遅い結城は今でも関わっている時間が長くないこともあって、自分がやっても同じようにユイが安らいでくれるというイメージが湧かなかったのである。

……それは、どうやら杞憂《きゆう》だったようだ。

現に、こうしてユイは安らかに寝息を立てている。

「……思ったより、俺ってユイに信頼されてるのかもな」

ユイの寝顔を見ながら、結城はそう呟いた。

「もちろんですよ」

ユイを挟んで向こう側の小鳥が、ユイを起こさないようにそう呟いた。

「結城さんは、優しいですからね」

「優しい……かあ。俺、自分にあんまりそういうイメージがないんだよな」

「そうなんですか？」

「ほら、小鳥と会う前はバイトと勉強ばっかで、あんまり他人の事なんて考えてなかったからな」

「ああ、なるほど」

ホントにあの頃は余裕がなかった。とにかく目標のためにだけ努力することをインプットされた機械のような、そんな無機質な日々だった。

正直、クラスの人間の顔すら大谷《おおたに》以外ほとんど覚えていなかったほどだ。

それが、今はこうして小鳥やユイと一緒の布団で眠っている。

少し信じられない気分だった。

「……でも結城さん」

小鳥はそう言うと、ユイの髪を撫でている結城の手に自分の手を添える。

「私が知ってるのは、温かい結城さんだけです」

「小鳥……」

「それはユイちゃんにも伝わってますよ。結城さんは優しい人です、自信持ってください」

小鳥は結城の目を真っすぐ見てそう言った。

優しい、本当に優しい表情だった。

（……はは、少なくとも優しさでは小鳥には敵《かな》わないと思うけどな）

そんなことを思っていると。

「……うぅん」

そんな声が聞こえてきた。ユイが少しうなされているようである。

「ユイちゃん、また怖い夢でも見てるんですかね？」

今度は小鳥もユイの背中を優しく撫でる。しばらくすると、ユイはまた落ち着き始めた。

「……さすがお母さん」

「もう、たまたまですよ」

結城の冗談に小鳥は小さく笑いながら返す。そして、ユイは一言。

「……おかあさん」

そう言って、また深い寝息を立て始めた。

「……」

「……」

結城と小鳥はお互いの顔を見合わせる。

「……そう言えば、ユイの両親ってどんな人なんだろうな」

そんな疑問が今更ながら湧いた。

「小鳥、なにか聞いてるか？」

「……いえ」

小鳥は首を横に振る。

「でも、お父さんは亡くなったって言ってました」

「……そうか」

この小さな女の子も、結城や小鳥と同じく親を亡くした過去があるようである。

「……親か」

結城はそう呟《つぶや》いたのだった。

◇

結城にとって親というのは『とにかく口を出してくる存在』だった。

特に父親である。結城が母親のお腹の中にいる時から「コイツは将来プロ野球選手にする」などと時代錯誤なことを宣《のたま》っていた父親は、結城が生まれるとそれを実行にうつす。

初めておもちゃのボールを渡されたのが一歳、次の年にはおもちゃのバットを振っていた。四歳のときには父親に近所の公園に連れて行かれ練習練習練習の日々。

その凄《すさ》まじい徹底ぶりは、結城が宿題をやっていると。

『そんな暇があれば、コレでも読め』

と、プロ野球選手のエッセイや野球の技術書やスポーツ科学の本を渡されたくらいである。そんな調子なので七歳でリトルリーグに入ったときには、あまりの動きの良さと野球に対する理解度の高さに監督が目を丸くしたほどだった。

幸いなことに結城自身、野球が嫌いではなかったため大変だったと言えば凄まじく大変だったが辛《つら》いということもなかったが、今思えばだいぶメチャクチャな親父《おやじ》である。

国によっては過干渉で子供の人権を侵害していると言われるかもしれないレベルだったなと思う。さて、それに対してユイの母親である。

こちらは結城の父親とまさに対極の存在ということになるだろう。

全く家に帰ってこない親。結城には程遠い存在だ。

だから、一体それがどんな人間なのかイメージが湧かなかった。

話を聞く限り、何かの会社の社長らしいが……。

しかし思ったよりも早く、結城はユイの母親と対面することになる。

◇

それは、ユイと小鳥と三人で川の字になって寝た翌日のことだった。

その日は土曜日、ユイは学校の宿泊授業に行っている。

結城は小鳥と一緒にいつもどおり朝ごはんを食べていた。

学校は休み、今日の結城の仕事は昼前からなのでゆっくり小鳥と食事ができる。

その時。

ピンポーン。

とチャイムが鳴った。

「誰だろ？　こんな早い時間に」

結城は箸《はし》を置いて玄関に行こうとしたが、ソレよりも早く小鳥が立ち上がっていた。

「あ、じゃあ頼むわ」

小鳥は自然な笑顔で頷《うなず》いて玄関の方に歩いていく。

昨日ユイが来た時もそうだが、こういうときは、普段家にいて宅配便などを受け取っている小鳥の動きの良さには敵わない結城である。

家事も全部やってもらっているし、いつの間にか家では亭主関白のオヤジみたいな状態になってしまっている気がする。

（……今度、また小鳥の好きなものでも買ってくるか）

時間も家事技術もない男の悲しき選択肢である。

そんなことを思っていると。

——え、あ、はい。こちらこそ。

玄関から恐縮したような小鳥の声が聞こえてきた。

そして、小鳥は居間の方に戻って来て言う。

「結城さん、ユイちゃんのお母さんです」

「……え？」

◇

「ハロー、貴方《あなた》が結城くんね」

ハスキーで芯《しん》の通った声でその金髪の女性は結城の名前を呼んだ。

年齢は思ったよりも若い、三十代前半という感じだろう。

「はじめまして、アタシは堀井《ほりい》ミナよ。よろしくね」

右手を差し出しながら、ユイの母親ミナはそう言った。

「こちらこそ。結城祐介《ゆうすけ》です」

結城は握手に応じながらミナを見る。

（……コレが、ユイの母親か）

ユイの母親はバリバリの外国人だった。

背は結城よりも高く、手足もスラっとしていて長い。赤いドレススーツを押し上げるほど胸も大きく、なのにウエストはキュっと締まっており、一種の芸術品のようなプロポーションであった。髪はウェーブの掛かったロングの鮮やかなプラチナブロンド。

そして、その彫りが深く凛々《りり》しい顔には活力と自信が漲《みなぎ》っていた。

強烈な色気と、触れがたいような強さを同時に併せ持つ容姿である。

一言で印象を表現すれば「やり手の外国人女性経営者」といったところだろう。

「いつもユイが世話になってると氷堂《ひょうどう》から話は聞いてるわ。挨拶《あいさつ》が遅れて悪かったわね。

それにしても……」

ミナはニコニコしながら結城と小鳥に交互に目線を向けて言う。

「貴方たち同棲《どうせい》してるの？　今どきの高校生は進んでるわねえ」

「いや、小鳥の家は隣なんですけどね」

まあ実際は寝る時以外はほとんど結城の家で過ごしているので、ほぼ同棲みたいなものであるが。

しかも、少し前に一緒に寝てからは時々一緒のベッドで寝ている。

娘さんとも一緒に寝たことは今は黙っておこう。

「それはそれとして。はいこれ」

ミナは懐から封筒を取り出した。

「なんですか？」

「ユイの生活費よ。何度もお邪魔してるしご飯も一緒に食べさせてもらってるんでしょ？」

「あー、子供一人分増えるくらいはそんなに負担ではないですよ」

元々バイトばかりで、小鳥の分と合わせても結構貯金できていたくらいである。

「へえ、欲がないわねえ。って言っても借りを作りっぱなしなのは性に合わないのよ。受け取ってもらえるとアタシがすっきりするわ」

ミナはそう言うと封筒をもう一度結城のほうに突き出してきた。

「……まあ、そういうことなら」

そう言って結城は封筒を受け取ろうとするが。

（って、分厚いなコレ。十万二十万とかじゃないぞ）

持った手にしっかりとした重みを感じるほどである。

「すいません。さすがにこんなには受け取れないですよ」

「ホントに謙虚ねえ。じゃあまあ、とりあえず今月分でコレくらいならどうかしら？」

ミナは封筒から、五枚ほどお札を抜き出して結城の方に見せる。

「そうですね、それくらいなら。いただく立場なのに偉そうですいません」

結城は頭を下げて受け取った。

「いーや、アタシのほうこそ不躾《ぶしつけ》だったわ。その歳でしっかりしてるわね、大したものよ」

手をヒラヒラとさせて笑うミナ。フランクな人である。

「私からもありがとうございます」

小鳥も頭を下げる。

そして結城が受け取ったお金を見ながら言う。

「でも、ユイちゃんの食費だけだと結構余りそうですね……そうだ、結城さん。今度ユイちゃんと一緒に、高いお肉買ってすき焼きにしませんか？」

「お、いいなそれ。ユイってそういうガッツリしたの好きだしな。喜びそうだ」

「……へえ」

ミナは再び結城と小鳥を見て、感心したように唸《うな》る。

「どうしました？　ミナさん」

「いや……そんなに『ユイが喜びそうなこと』を楽しそうに話されるとねえ。貴方たちはホントにユイのことを思ってるのねえ。氷堂から話は聞いていたけど、いやはや参ったわ。アタシよりよっぽど親らしいわよ」

ミナは腕を組んで「ふむ」と唸る。

「このまま恩ばっかり受けるのも情けない話よね……」

「いや、そんな気にしなくても」

「そうですよ。私達もやりたくてやってますから」

「よし、こうしましょう!!」

ミナは、パン!!　と手を叩《たた》いた。

「二人共、次の休みはいつかしら？　娘の面倒を見てもらってるお礼とお隣同士の親睦《しんぼく》を深めるのもかねて、アタシがディナーをご馳走《ちそう》するわ。直接大金をもらうのは気が引けるでしょうけど、これならいいでしょう？」

なかなかに勢いのあるプレゼンに結城は少し圧倒される。

さすがビジネスマン、といったところだろうか？

「はい、まあそれなら……」

　結城は小鳥の方を見る。

　小鳥は軽く頷いた。私も大丈夫ですよ、ということだろう。

「ちょっと待ってくださいね。次の休みいつだっけなあ」

　結城はスマートフォンのカレンダーアプリを起動して予定を確かめる。

「どれどれ、上手《うま》くアタシが時間取れる日と被《かぶ》ればいいんだけど……って凄《すご》いわね」

　結城の予定表を横から覗《のぞ》いたミナがそう言った。

「貴方ホントに高校生なの？　今月まともな休みが一日も無いじゃない」

「ミナさんもこんなもんなんじゃないですか？」

「いやまあ、それはそうなんだけど……」

　若干呆《あき》れた顔をするミナ。

「ちょうど明日の夕方以降は時間空いてるみたいね。アタシもそこなら時間取れるわ」

「でも、それだとユイがまだ宿泊授業から帰ってないですね」

　結城のその言葉に、ミナが首を傾げる。

「ん？　ユイ？」

「はい。できればユイも交えて四人でと思ったんですが」

「あー……なるほどそういうことね。うん、ちょっと他の日だと都合がつかないわね。ユイが来られないのは残念だけど。できれば、明日にしてくれると助かるわ」

これまでとは違い、少し歯切れが悪そうにそんなことを言うミナ。

(……そうか。まあ忙しいだろうしな)

ユイには少し申し訳ない気がするが、今回は俺と小鳥だけでご馳走になろう。

「決まりね。オーナーには少し急がせちゃうけどさっそく予約するわ」

そんなわけで急遽《きゅうきょ》、ユイの母親にディナーをご馳走してもらうことになったのだった。

◇

さて、翌日。

夕方までに勉強と仕事を終えた結城は、小鳥と一緒に部屋から出た。

ミナは「楽な格好でいいよ」と言ったが、たぶん結構高級なところに連れて行ってくれるのだろうと思い、結城も小鳥も制服で行くことにした。

ミナとの待ち合わせ場所である近くのコンビニに到着する。

結城たちのアパートにも住人用の駐車場はあるが、少し狭いし車の通りも多いので最寄りのこのコンビニのほうが待ち合わせに便利なのである。

十分ほど待つとミナが車でやって来たのだが……。

「……すげえ、黒塗りの高級車とか初めて見たぞ」

映画やドラマに出てきそうな、いかにもなテッカテカに光沢を放つアレである。

「私も久しぶりに見ました……」

小鳥がそんなことを呟《つぶや》いた。

「久しぶり？」

「ええ。お父さんこういう感じの車に乗ってたので。お母さんが事故にあってからは運転しなくなって売っちゃったみたいですけどね」

なるほど、さすがは元バリバリに一軍で活躍していたプロ野球選手である。

「ハロー、結城くんに小鳥ちゃん。ささ、乗って乗って」

助手席の窓から顔を出したミナが手招きをする。

呆気《あっけ》にとられていた結城だが、そう言われていそいそと車に乗り込む。

（……シートの座り心地が良すぎて逆に落ち着かねえ）

そんな庶民丸出しの感想を持つ結城。

あまりにもフッカフカ過ぎて、逆に違和感を感じるのだ。

「じゃあ、よろしくね。氷堂」

「畏《かしこ》まりました、社長」

運転席に乗っているのは、ユイと家の前で待っていた時に会った生真面目そうな女の人だった。名前は確か氷堂だったか。おそらくミナの秘書か何かなのだろう。

しかし、黒塗りの高級車に秘書に社長呼びか……。

「……やっぱり、ミナさんて凄いお金持ちですよね？」

「それなりにはね」

ミナはニヤリと笑ってそんなことを言う。

結城のような庶民の感覚からすると、それなりというレベルを超えている気がしたが、まあお金持ちも上には上がいるということだろう。

結城は前から気になっていたことを聞いてみることにした。

「それなら、なんでこんなアパートに引っ越したんですか？」

結城と小鳥が住むアパートはそれほどボロの安アパートというわけではないが、結城が特待生の家賃補助の範囲で住める程度のところである。

「仕事場から一番近くてすぐに入れたからね。それに、ユイの学校からも近いし」

「なるほど」

「そもそも、アタシはあんまり家に帰らないし、あんまり住むところにお金かけたいと思わないのよ。まあ、それでもユイがいるしセキュリティとか考えて、少し遠くのマンションにしようかって思ったんだけど、ユイが『……近いからここがいい』なんて言うのよね」

そう言って、ミナは笑いながら肩をすくめる。

結城は確かにユイは住む家が広いとかにはこだわらなそうだなと、スマートフォンの画面を凝視している姿を思い出して思った。

「皆さま、発進しますのでシートベルトをお忘れなく」

運転手の氷堂のクールな声と共に、高級車はスムーズに発進した。

◇

さて、ミナの高級車に驚いた結城だったが、目的地に着いてこれまた驚かされることになる。高速を飛ばしてやってきたのは、高層ビルのホテルレストランである。

「……で、デカい。首が痛くなりそうだ」

結城は目の前にそびえ立つ何階建てだか数えられないくらい背の高いホテルを見上げる。

「そうですね」

小鳥はそう言うが、それほど圧倒されているような様子はなかった。

そのことを聞くと。

「はい。小さい頃は、お母さんの付き添いでお母さんと一緒にこういう所には連れていってもらいましたよ」

とのことである。

先ほど車の中で聞いた話によると、小鳥の父親は小鳥の母親と結婚してからは車を買うくらいであまり浪費はしないタイプだったということだったが、もしかしたらチームの優勝旅行などで行ったのかもしれない。

「はっはっ、ほらほら二人とも固まってないで早く中に入りなさい。こんなところで驚いてたら料理出るまでに体がもたないわよ」

ビルを見上げながらポカンと口を開けている庶民代表の結城とは対照的に、ミナはなれた様子で入口の方に歩いていく。

結城と小鳥も慌てて二人の後を追った。

◇

「すげ、最上階だよ。車があんなに小さく見える……」

先ほどまでは見上げていたと思ったら、今度は見下ろしていた。

なんとも高層ビルとは首に負担のかかる建物である。

「ようこそ、いらっしゃいました。ミナ様」

結城たちがレストランに入ると、店のオーナーらしき人が挨拶《あいさつ》に来た。

「やあ、オーナー久しぶりね。三階ホールのイベント活用上手くいってるみたいね」

「はい。ミナ様に助言をいただいたおかげです」

「そんなことないわよ。アイディアなんて誰でも出せるしそれ自体に価値なんてないわ。価値があるのはそれを実際に実現する行動よ」

「そう言っていただけると私共も自信になります。どうぞ、今夜はご友人方と食事をお楽しみください」

　オーナーはそう言って、優雅な動作で結城たちに向けてお辞儀をする。

　結城も思わずお辞儀を返してしまう。

　考えてみれば店側にとって来賓である結城たちはこういう場面は軽く会釈するくらいでいいのかもしれないが、一介の高校生のためＶＩＰのような扱いに慣れていない。なので自然とこちらもへりくだってしまう。

　見れば小鳥も立ち止まってオーナーと同じくらい深く丁寧にお辞儀をしていた。丁寧にされすぎてオーナーのほうが恐縮している。

　この辺りは、何度かこういう場を経験していても小鳥らしいところだなと少し頬が緩む。

　結城たちはオーナーに案内されるまま、真っ白なクロスが敷かれたテーブルに着く。

「さあ、遠慮せずに食べなさい。ここの料理の味はアタシが保証するわ。アルコールは残念ながら貴方《あなた》たちには出せないけど、飲み物も好きに頼んでね」

「それはどうも……というか、制服で来ちゃってよかったんですかね？」

「気にする人もいるみたいだけど、アタシは割とどうでもいいと思ってるタイプね。なんだったら部屋着とかジャージとかで来てくれても気にしないわよ」

「それはさすがに、こっちが気にしますよ……」

そんなことを話しているうちに次々と料理が運ばれて来た。

（つか、これどうやって食べるんだ？）

実家の結城家のテーブルマナーなど「元気にいただきますと言って、美味しく食べて、感謝を込めてごちそうさまを言う」ことくらいである。

綺麗《きれい》に並べられた何本ものフォークやナイフはたしか外から使っていくんだったか？

そんな結城を後目《しりめ》に、ミナがさっそく慣れた手つきで料理を口に運ぶ。

「じゃあ、いただきますと……うん。相変わらず美味しいわ!!」

ミナは満足そうにそう言うと、グラスに注がれた赤ワインをグイっと飲み干す。

なかなか美味しそうに食べる人である。結城家のマナー的には満点だった。

たぶん、豪快に見えてテーブルマナー自体もしっかりと守っているのだろう。

隣を見ると、小鳥も昔のこと過ぎて少し自信がないのか少々ぎこちないながらも、綺麗な手つきで食事を始めていた。

（ああ、小鳥がご飯食べるとき動きの一つ一つが丁寧な感じしたけど、こういうとこで培われたんだな）

とりあえず小鳥とミナの見様見真似で、結城も料理を口に運び始めた。

結城からすると何の料理だかサッパリ分からない横文字の入った名前の長い料理が次々に出てくる。

　味に関しては……。

（なるほど、確かにこりゃ美味しい）

　正直なところを言うと、結城はこういうレストランは雰囲気や接客を重視しており、味の方はそうでもないと勝手に思っていたところがあったが、蓋《ふた》を開けてみれば全くそんなことはなかった。

　優雅な動作で給仕が運んでくる料理を次々に食していくと、細やかに計算された味の仕掛けが次々に舌の上で溶けていく。

　美味しいのは当然として「食べていて面白い」のだ。食事というものが一つのエンターテイメントになっている。隣を見ると小鳥と目が合った。

　小鳥も料理を食べながら驚いたように目を丸くしている。どうやら、高級なレストランの中でも相当にレベルが高いのだろう。

　そんな結城たちの様子を見て、ミナはニコニコと楽しそうにしていた。

「ふっふっふっ。どう、美味しいでしょ？」

　ものすごく分かりやすいドヤ顔だった。

「そうですね。これは美味しい」

「……私もです、ビックリしました」

「そうでしょっそうでしょ。アタシはここの料理が日本で一番だと思ってるわ」

まるでいたずらが成功した子供のように弾んだ声のミナ。

凛《りん》とした感じのやり手の女社長然とした見た目とのギャップで、どことなく可愛らしさみたいなものを感じる。

「私も今まで食べた中で一番おいしいかもしれません……」

小鳥がそんな事を言う。料理ができる人間だからこそ、ここのシェフのスゴさが分かるという感じだろうか？

「俺もです……まあ、一番ではないですけど」

「お？　結城くんはここより美味しいとこ知ってるのかしら？」

「え、あーいや」

しまったなと結城は頬を掻《か》く。

つい、言わなくてもいいことを言ってしまった。

「なによ、気になるわね」

「私もちょっと気になりますね」

小鳥もそんな事を言う。

「それはぜひ、私も勉強にお聞きしたいです。どこのどういった料理なのでしょうか？」

オマケに、側に控えていたレストランのオーナーまで乗ってきた。

三人から視線を向けられる結城。どうやら、逃げ場はないようだ。

（……まあ、言ってもいいか）

「えっと……」

結城は小鳥の方を見る。小鳥は不思議そうに小首を傾げる。

「……小鳥の作るカレー、あと煮込みうどん」

「ちょ、ちょっと結城さん、何言ってるんですか」

小鳥が顔を赤くして口元を押さえながら、空いた手でパシパシと肩を叩《たた》いてくる。

「いや、だってホントのことだし」

実際、小鳥の作るカレーは結城の好みを全て完璧《かんぺき》に捉《とら》えたかのような味である。そして、煮込みうどんに関しては初めて小鳥が作ってくれた手料理である。今でも食べるたびにあの時の嬉《うれ》しさが蘇《よみがえ》ってくるのだ。

結城はミナの方を見る。

ミナは少しの間、目をパチパチとさせて結城と小鳥を見ていたが。

「はっはっはっはっはっはっ!!」

大笑いしだした。

「こりゃ参ったわ。確かにいくらここの味でも、それには勝てそうにないわねえ。いやー、軽々しくナンバーワンなどと言ってすまなかったわ。だそうよオーナー、まだまだ精進が足りないわね」

オーナーも微笑ましいものを見るように表情を緩めながら。

「はい、全くそのとおりでございます。シェフたちには一層の研究を求めなければなりませんね」

そんなことを言ってくる。

「いやそんなことはないですよ。というか、小鳥の料理が最高すぎるだけでここの味はその次にダントツだと思います」

結城が真剣な声音でそんなことを言うと、ミナは再び大笑いして手を叩いた。

「……もう、知らないです」

小鳥は顔を真っ赤にして、目の前のホワイトソースがかかったハンバーグを口に運ぶのだった。

◇

「へえ、じゃあ小さい頃はニューヨークに住んでたんですね」

「そうね。テレビでヤンキースの試合見るのが子供の頃の楽しみの一つだったわよ。会社

始めた頃も、息抜きによく近くのバッティングセンターに行ってたわ。ぜひ今度結城くんの投げる球を打ってみたいわね」

その後も意外にもミナが野球好きだったということで思わず話が弾んだりしつつ、結城はミナと食事をしながら会話を楽しんだ。

「……ふう。しかし、夜景も綺麗ですね、ここ」

食事が一段落したところで、改めて窓の外を見た。

先ほどは高さに圧倒されてしまい味わうことができなかったが、夜の街を照らすビル群の光が鮮やかだった。

「でしょう？　忙しい毎日だけど、食べたいと思った時にここで食事ができるのはそれなりに稼がせてもらってるからだと思うと悪い気はしないわね」

そんなことを言いつつも、食事中も仕事のことを話すミナは楽しそうだった。

たぶん根っからの仕事好きなんだろう。

「おかげであんまり家には帰れないから、娘を一人にしてるけどね。世の育児に勤《いそ》しむママ達には頭が下がるわ。ワークライフバランスなんて木っ端みじんに砕け散った働き方してるからねえ……こんなろくでもない人間だけどこれからもお隣として仲良くしてもらえると嬉しいわね」

そう言って冗談っぽく頭を下げる。

「そ、そんな。お願いされなくてももちろんですよ」

明らかに冗談でやってると分かるのだが、小鳥は人に頭を下げられるのが慣れないらしく慌てた様子だった。一方結城は何気なく。

「まあでも普通の生き方してこなせるくらいの努力量じゃ、勝負の世界では話にならないですしね」

ホントに何気なく、そう言った。

「……」

「……」

「……どうしたんですか、二人とも黙りこくって？」

答えたのは小鳥だった。

「なんというか、その……結城さんらしいですね」

「どういうこと？」

わけが分からないと首を傾げる結城。

当たり前のことを言っただけのつもりなのだが……。

「くくく、はっはっはっ!!　その言葉、アタシが君と同じ年の頃に言えたかしらねえ」

急にテンションがＭＡＸになったミナにバンバンと背中を叩かれる結城。

「痛いです。ミナさん」

ミナは真剣な目をして言う。

「うん……いいわね、結城くん。卒業したらウチに来ない？」

「え？　いや、気持ちはありがたいですけど。将来は医者になりたいんで」

「えーそうなの？　それは残念ねえ」

なぜかミナにやたらと気に入られた結城だった。

◇

「自由は〜、我らが手に〜。帰ってくるぞといーさましくー♪」

レストランからの帰りの車の中で、ミナは上機嫌に歌を歌っていた。

歌っているのはミナの会社が最近リリースしたゲームの主題歌だそうだ。そう言えば、結城も動画を見ている時に広告を見た気がする。

「機嫌がいいですね、社長」

行きと同じく運転手を務める氷堂が淡々とした声でそう言った。

「ははは、ちょっと若い力を見せてもらっちゃってね。この年になるとそういうのは嬉しくなるわ」

弾むような声でそう言って、再び歌を口ずさむミナ。

結城と小鳥はそれを聞きながら車に揺られていると、気がつけばコンビニの駐車場に到着していた。

「着きました。お疲れさまです」

氷堂がパーキングブレーキをかけながら結城たちに向けてそう言った。

「今日はありがとうございました。メチャクチャ美味《おい》しかったです」

結城はミナに頭を下げる。

「氷堂さんも運転ありがとうございます」

小鳥は氷堂にお礼を言った。

「仕事ですので……お気遣いなく」

氷堂は眼鏡のズレを直しながらそう言った。

ミナは結城に言う。

「いやいや、それにしても若くて情熱のある子と話すとこっちも活力がもらえるわ。また今度予定が空いたら誘わせてもらうわね」

「ああ、はい。ありがとうございます」

「……ん？　どうしたの結城くん。あまり気が乗らなければ次の誘いは断ってくれてもいいのよ？」

ミナはこちらが何かを考え込んでいるのを察したらしく、そんなことを言ってくる。

実は食事の途中から気になっている事があったのだ。

「ああいや、そういうことじゃなくて……うん、でもそうだな」

結城は少し迷ったが聞いてみることにした。

「あのレストランにはよく行くって話でしたが」

「そうね」

「ユイと行ったりもするんですか？」

「あー」

ミナは少し困ったように頭を掻く。

「いや、ユイを連れて行ったことは無いわね」

なんとなくそうなんじゃないかと思っていたが、どうやら予想したとおりだった。

「どうしてユイを誘わないんですか？」

だから、かなりお節介だと思ったが結城はミナにそう聞いた。

もしかしたらデリケートな質問なのかもしれない。しかし、あの夜布団の中で「お母さん」と呟《つぶや》いていたユイのことを考えると、聞きたいという思いを抑えることはできなかった。ミナは少し参ったように頭を掻いたあと。

「んー、まあ、親として情けない限りなんだけど」

その後ミナが言った言葉は、結城にとっては予想外のものだった。

「アタシはユイにあまり好かれてないのよねえ……」

「え？」

結城は思わずそう言った。

「そんなことはないと思いますけど……」

「いやいや、ほんとほんと。前に遊園地のカタログ見てたから『連れて行こうか？』って聞いたら断られたし」

「そうなんですか？」

ユイはあれで、基本的に付き合いがいい。そのユイが断ったというならもしかして本当にそうなのか？　ミナは結城の肩を叩《たた》いて言う。

「だからこそ、ユイに好かれてる貴方《あなた》たちの存在には感謝してるわ。できれば今後ともユイのことを気にかけてやってくれると助かるわ」

「それは……もちろん」

「じゃあ、アタシはコレで。実はまだやっておきたい仕事があるのよね」

ミナがそう言い残して窓を閉めると、車はその場から走り去っていった。

◇

「……ふう」

　結城は部屋に戻ると一息ついた。

「お疲れですか、結城さん？」

「ん？　ああ、すげー美味しかったんだけど、あんまり慣れてないからな、ああいうところ」

　外はすっかり暗くなっているが、普段結城が帰ってくる時間よりは少し早かった。いつもなら帰ってすぐに風呂《ふろ》に入るのだが、今日は少し勉強してからにしよう。

　結城はバッグの中から勉強道具を取り出しながら言う。

「それにしても、小鳥はああいうところ慣れてるみたいだったな。マナーもしっかりできてたし、やっぱり子供の頃清水《しみず》の仕事の関係でよくああいうところ行ってたからか？」

　一方、小鳥はキッチンで二人分の温かいお茶を淹《い》れながら。

「それもありますけど、お母さんがそういう作法がしっかりした人で。小さい頃よく見てましたから」

　そんな事を言った。

　そう言えば、小鳥の母親の話は詳しく聞いたことがなかったなと気づく結城。

「小鳥のお母さんって、いいとこのお嬢様だったりしたのか？」

「ええと、そう言ってもいいんですかね？　ずっと田舎の方の地主さんの娘だったらしいですけど」

「へえ」

　だったらしい、というのはなんとも色々な意味の含まれた言葉だなと思う。

　小鳥が父親に虐待されている時に、他の親族が誰も助けなかったという事実もある。

「はい、どうぞ結城さん。勉強頑張ってくださいね」

　小鳥が結城の机にお茶を置く。

「ああ、ありがと」

……まあ、その辺りはまた機会を見て聞いてみるか。

　今、小鳥は幸せそうだ。それで十分なのだから。

　なので、結城は「今」気になっていることを聞いてみることにした。

「……なあ、小鳥」

「はい、なんですか？」

「さっきのミナさんの話だけど、どう思う？」

　小鳥は自分の分のお茶をテーブルに置きながら言う。

「ユイちゃんが、ミナさんのことを好きじゃないみたいだって話ですか？」

　頷《うなず》く結城。小鳥は少しの間考え込むように黙ったまま、テーブルの前に座る。

「そうですね……ユイちゃんも私もあまり話す方ではないので、そういう話は聞いてませんけど、付き合いはいい子なので遊園地に誘われて断ったのなら何かあるんだろうなと思います」

どうやら小鳥も結城と同じ考えだったようである。

「ただ、ユイちゃんは簡単に人を嫌うような子ではないとは思います」

「そうだよなあ。ミナさんちょっと強引なところあるけど、意地の悪い人には見えなかったし。ユイがワザワザ避けるほど嫌ったりするようには思えないんだよな」

ますます分からなくなってくる結城だった。

「結局どっちなんだろうなあ。ユイはミナさんと一緒にいたいのかそれとも一緒にいたくないのか」

「凄《すご》く気にしてるんですね。二人の関係のこと」

「ああ。まあな。だってほら……」

結城は少し遠くを眺めながら。

「親なんていつまでもいるわけじゃないからさ。絶対に相容《あいい》れないこともあるんだろうけど、生きてるうちに仲良くしておけるなら……そうしたほうがいいと思うんだよ」

そう言った。

今は亡き父親の、あの耳に響く怒鳴り声を思い出しながら。

結城は小鳥の出してくれたお茶を啜《すす》って「ふう」と一つため息をつく。

「それなら、聞いてみたらどうですか？」

小鳥がそんな事を言った。

「え、誰に？」

「ユイちゃんにです」

「ああ、なるほど……」

確かにそれが一番手っ取り早いなと思った。

そういえばユイに避けられてるんじゃないかと思っていたときも、大谷に同じことを言われたな。

「そうだな、ユイが帰ってきたら聞いてみるか。まあ、余計なお節介なのかもしれないけど……ああ」

これ、よくない癖だな。

と結城は今自分の言った言葉を思い返しながらそんなことを思った。

さっきコンビニの前でミナにユイのことを聞こうとした時も同じことを悩んだ。

結城は過干渉だった父親のこともあり、人にお節介をやくことに『余計なお世話なのではないか？』という不安を感じる癖がある。

自分が本当に相手のためを思ってやることなら、そんなことをいちいち気にせず堂々とやればいいのに……なんというか、自分自身があんまりカッコよくないなと思う。

そんなことを考えていると。

「少なくとも、私は結城さんのお節介が余計だったことなんてありませんよ」

小鳥は嬉《うれ》しそうに口元を緩めて、そんなことを言った。

「私は、アナタのお節介に救われましたから。自信持ってください」

「小鳥……」

嘘偽りのない、真っ直ぐな目で微笑みかけてくる小鳥。

先ほどまで抱えていた些細《ささい》な不安は、小鳥の笑顔を見るとどこかへ吹っ飛んでいってしまった。

「明日はさっそく行く時に話してたすき焼きにしますね。美味《おい》しいものを食べながらのほうが、話しやすいかもしれませんから」

両手を合わせて嬉しそうにそんなことを言う小鳥を見て結城は。

（……ああ、ホントに小鳥が彼女で幸せ者だな俺は）

そんなことを思ったのだった。

◇

さて、翌日。

結城はバイトをいつもより少し早めに上がらせてもらい、終わると同時に少し駆け足で帰宅した。玄関の鍵《かぎ》を開けると、転がり込むような勢いで中に入る。

「……ただいま!!　悪い、話してた時間より少し遅くなった」

「大丈夫ですよ。お仕事お疲れさまです結城さん」

小鳥が玄関にやってきてそう言った。

「準備できてますよ。ユイちゃんも待ってます」

「お、そうかそうか」

結城は靴を脱いで上着を小鳥に預けると居間に向かう。

居間には二日ぶりのユイの姿があった。

「……ただいま、結城」

普段と変わらずお嬢様学校の初等部の制服である。

「おう。宿泊授業中、元気だったか？」

「……むん」

そう言って細い腕で力こぶを作ってみせるユイ。

大丈夫だった、ということだろう。力こぶは全然出ていないが。

宿泊授業の疲れも無いらしく、体調も良さそうだった。

「ふふ……ただいま、って言ってくれるんですね」

小鳥は結城の上着をハンガーにかけながら、嬉しそうにそんなことを言う。

「ん、どういうこと？」

「ここを帰る場所だと思ってくれてるってことじゃないですか」

ああなるほど。

と、結城は頷いた。

（そう考えるとちょっと嬉しいかもな）

それにしても、小鳥のこういう小さなことに喜びを見いだせるところは凄いなと思った。

「……よし、さっそく食べるか」

テーブルの真ん中に鎮座しているのは大きな鍋《なべ》、それを取り囲むように野菜や豆腐などの具材と卵。そして一際存在感を放つ、普段買うものよりも霜が降った牛肉。

今日はすき焼きである。

◇

意外というかやっぱりというか、ユイは最初皆で鍋を囲むこのスタイルに戸惑っていた。

聞いたところによると、初めての体験だという。

小鳥に「食べたいと思ったら取ればいいんですよ。でも、お野菜もお肉もバランスよく食べましょうね」と言われて、ようやく自分から鍋に箸《はし》を伸ばしたほどだった。

しかし、一度食べてみれば気に入ったのか、黙々と食べ始める。

ちなみに、小鳥の作るすき焼きは牛鍋風の非常にオーソドックスなものだったがタレを自作しており、普段食べるものよりもサッパリとして爽《さわ》やかな味だった。

要はメチャクチャ美味《おい》しかった。脂の乗った高い肉もスルスル食べられてしまう。ユイが夢中になって食べるのも分かるというものである。

（……それにしても）

結城は改めて思う。

こうやって鍋を囲むのが初めてというのは、やっぱり自分のように親が家にいる家庭で育った人間とは違うなと。

前に小鳥がほとんどジャンクフードを食べたことがなかったのを知った時も驚いたが、これはこれで結城にとっては別世界の話のように感じる。

そして、それを初めて体験したユイは。

「……小鳥、たまご何個まで使っていいの？」

「たくさんありますから、お好きなだけどうぞ」

「……‼」

非常に楽しそうだった。

小鳥もつられて先ほどからずっと嬉しそうにしている。結城も見ていて微笑ましくなった。

（……だからこそ、ミナさんとのことが気になるな）

ユイは少なくとも、こうして誰かといることを楽しく感じる人間であることは間違いないのだ。それなら家族とも普段から一緒に過ごしたいんじゃないだろうか？

そんな風に思えて仕方ないのである。

「……なあ、ユイ」

「……？」

ユイはしらたきを頬張りながら結城の方を見る。

「実は、昨日小鳥と二人でミナさん……ユイのお母さんとご飯食べたんだけどさ」

「……」

結城がそう言うと、ユイは箸を持つ手を止めてじっと結城の方を見る。

その表情は複雑で、驚いているのか悲しんでいるのかイマイチ結城には分からなかった。

「その時にミナさんから、前に遊園地に誘ったら断られたって聞いたけど、その、なんだ……お母さんと一緒にいたくない理由が何かあったりするのか？」

「……」

ユイは箸を置いた。

そして少し間を置いた後、小さく首を横に振る。

「そうなのか？」

「うん……」

じゃあ、なんで断ったんだ？

と結城が聞こうとした時。

ユイが呟《つぶや》くように言う。

「……お仕事」

「仕事？」

ユイは少し俯《うつむ》いたまま言う。

「……お母さん、その日もお仕事だったから。疲れてると思って」

ユイのその言葉に、結城と小鳥は顔を見合わせた。

（……なるほどなあ）

要は、うん。やっぱりこの子は本当にいい子だということだろう。

結城は手を伸ばしてユイの頭を撫《な》でる。

「ユイは凄いなあ」

「……？」

なんで褒められたのかよく分からないといった様子で、ポカンとした顔をするユイ。

「あとやっぱり、小鳥に似てるな」

そう言って小鳥の方を見る。

「私はこんなにいい子じゃなかったですよ」

小鳥も手を伸ばしてユイの頭を撫でた。

ユイは二人から頭を撫でられ、困惑しつつも嬉しそうだった。

「ねえ、ユイちゃん」

小鳥はユイに言う。

「いい子なのも優しいのも本当にいいことだけど、もう少しワガママになったほうが自分だけじゃなくて皆が幸せになることもあるんですよ」

「……ワガママに？」

「はい、そうです。大事なことですよ。私はそれをそこにいる素敵な彼氏さんに教わりました」

「……結城が？」

「はい。その時のことは、今でもハッキリと覚えてます。きっと一生忘れません。『ワガママってのはこうやって言うんだぞ』って。カッコよかったなあ、あの時の結城さん」

小鳥は少しうっとりしながらそんな事を言った。

ユイが結城の方を見る。

（……どうにも照れくさいな）

あの時の結城は、今思うと結構こっ恥ずかしいことを言っていた気がする。まあ、全て本心だったから後悔は全くしていないが。

「俺のことはともかくさ。だからユイ、ミナさんと一緒にどこか遊びに行きたければ、そう言えばいいと思うぞ」

結城はそう言った。しかし。

「……（ふるふる）」

ユイは首を横に振った。

「……お仕事の邪魔はしたくない」

「あー、いや、さっき小鳥も言ったけど、子供なんてたまにはワガママ言うものだってのは、ミナさんも分かってると思うぞ？」

「……それでもダメ」

結城の言葉にも、頑として首を横に振るユイ。

こうなると意外に頑固である。

（いい子なのは分かるけど、過剰だなあ）

「……やっぱり、ユイって小鳥に似てるよな」

結城はそうこぼした。

「そうですね……」

小鳥も今度は同意する。ここに来た頃は、結城が仕事をしている間に自分が休んでいることさえ恐縮していた小鳥である。

「……ねえ、ユイちゃん」

小鳥は優しい表情で言う。

「ユイちゃんは、お母さんのお仕事の邪魔をしたくないんですね」

「……うん」

「頑張ってますもんね、ユイちゃんのお母さん。凄《すご》く忙しそうにしてます」

俯いたままコクリと頷《うなず》くユイ。

「そんなお母さんのことを、どう思ってるんですか？」

「……凄いと、思う。わたしもそのお金でくらしてる」

「お母さんのこと、好きですか？」

「……うん」

コクリコクリと、二度頷くユイ。

それを聞いて小鳥はニコリと笑った。

「それなら。そういう想いだけでも伝えてみたらどうですか？」

「……おもい？」

ユイは顔を上げて小鳥を見る。

「はい。『お母さん大好きです。いつもお仕事頑張っていて尊敬します。わたしを育ててくれてありがとう』って」

「……それは、言ったことなかった」

「でも、そう思ってるからお仕事の邪魔をしたくないんでしょう？」

「……うん」

「でも、本心から思えているのなら伝えてもらったほうがお母さんも嬉《うれ》しいですよ。少なくとも私は結城さんが毎日お礼を言ってくれて褒めてくれるのが嬉しいです。だから毎日頑張れます」

小鳥にそんなことを言われて結城は少し照れくさくなる。

喜ばせようとしてお礼を言ってきたつもりは特に無かったのだが、自分の感謝の言葉でそんなに喜んでもらえるならこれからもそうしようと思った。

「きっと、ユイちゃんのお母さんもそうですよ。邪魔になんてなりません、むしろお仕事のやる気も出てくれるはずです」

「……そうかな？」

「はい。安心してください。ミナさんはちゃんとユイちゃんのことを気にかけてましたから、きっと喜んでくれますよ」

「……」

ユイは黙ったまま、小鳥の顔をじっと見た。

次に結城の方を見る。

結城も黙って頷いた。自分も小鳥と同じ考えだと。

ユイはおもむろにスマホを取り出すと画面を操作する。

「どうしたんですか？」

小鳥の問いにユイが答える。

「……氷堂さんに、お母さんの次の空いてる時間聞いた」

「おお。やると決めたら行動早いなユイ」

やっぱりこの子はけっこう大胆で意志が強い、と結城は驚いた。

ミナもそんな感じだったので母親譲りなのかもしれない。

すると、すぐにピロリンと着信音が聞こえてくる。

「返信きた……」

「早いな氷堂さん」

結城がそう呟く。

「それで、どうでしたか？」

小鳥にそう聞かれて、ユイは画面を結城たちに見せる。

子供とのやり取りとは思えない硬い文章で書かれた返信には「再来週の金曜日の夕方以降なら社長の予定は空いています。次の休みがいつになるかは分かりません」と書かれていた。結城もミナに忙しさを驚かれたが、さすがにミナには敵《かな》わないなと思った。昨日食事に行けたのはかなりタイミングが良かったのだろう。

「……この日、お母さんの誕生日」

ユイはそう言った。

「そうですか……なら、私達と一緒にお母さんをお祝いしませんか？」

小鳥がユイにそう提案する。

「ああ、そうだな。俺たちだって上手い飯食べさせてもらったお礼に、お隣さんとして誕生日祝うくらいはしたいしな。ミナさん誘ってみてもらっていいか？」

結城も援護射撃をする。

改まって親の誕生日を祝いたいというのは、結城だとしたらなかなか言い出しづらいものがある。結城たちも祝いたがっているという体裁があったほうが、ユイもミナもやりやすいだろう。

「……うん。氷堂さんに、誕生日にお母さん帰ってこれるか聞いてみる」

そう言ったのだった。

第六話　結城と小鳥とユイとミナ

ユイがあの後送った、ミナが誕生日に家に帰ってこられるかを尋ねたメッセージに返信が来たのは翌日だった。

氷堂《ひょうどう》にスケジュールを確認しただけのときはかなり返信が早かったが、今回に関しては一日日をおいてからであった。

その内容は、またまた硬い文章で。

『社長は了解しました。「誕生日祝われるのは久しぶりだから、楽しみにさせてもらうよ」とのことです。当日は十九時には帰宅します』

と、書かれていた。

それを見たユイの表情は、結城《ゆうき》から見てコレまでに見たことがないくらい明るかった。

（……ああ、やっぱりお母さんのこと好きなんだろうな）

と、そう思わざるをえない表情だった。

さて、そんなわけで、ミナの誕生日に向けて準備をしなくてはならなくなった、ユイと結城と小鳥《ことり》である。

――作戦会議はさっそく氷堂からの返信が来た日の夜。

結城が仕事から帰ってきてから行われた。

「さて、どうするかな」

「……どうしよう」

うーん、と結城とユイは腕を組んで考える。

コンセプトはユイがお母さんに感謝と尊敬の気持ち、まあざっくり言えば「お母さん大好き」を伝えることである。

「って言っても、誕生日パーティの企画とかやったことないんだよな」

子供の頃は誕生日だろうが年末年始だろうが野球の練習をしていた結城である。

父親が死んだ後は、とにかく受験までに今通っている高校の特待生になるために勉強勉強勉強の毎日。

そして言わずもがな、高校に合格した後も、医者を目指して勉強とバイトの日々である。

一応、実家にいた頃に母親や祖母が祝ってくれたが、自分が祝うというのは初めてであった。

「うーん、やっぱりプレゼントか？」

「……それなら」

ユイはスマホをイジってネットショッピングの画面を開く。

「……これ、お母さんが前に美味《おい》しそうに飲んでたワイン」

「お、いいじゃないか」

「……の一番高いやつ」

「って、ホントに高いなおい!!」

一本三十万を超えていた。余計な出費が殆《ほとん》ど無い結城と小鳥の家計ならこれだけで四か月は暮らせる。

しかも、ユイはためらいなく購入のボタンをタップしようとする。

「いやいや、待て待て」

「……？」

ユイは不思議そうに結城の方を見る。

「え、もしかしてお小遣いで買えるのこれ？」

頷くユイ。

「……うん。もらっても、あんまり使わないから」

それにしたって、小学生にしてはかなりもらっている部類だろう。

結城と同じアパートに住んだり、コンビニ弁当を食べたり、すき焼きの卵が使い放題だったことに感動していたりするのを見ていたからすっかり忘れていたが、そう言えばユイは社長令嬢だった。

　零細農家の息子という、ゴリゴリの庶民である結城とは金銭感覚が違うのだろう。

「うーん、しかしなあ」

「……コレだとダメ？」

「いや、ダメってことはないんだけどな」

「……お母さんはいつも、わたしの誕生日に高いもの買ってくれるから」

「ああ、なるほど」

　時間がなくて一緒に祝えない分、高価なものを贈るというミナなりの愛情なのかもしれない。ただ、ユイがそれを真似する必要はないと思うのである。

　そう思っていたら。

「こういうのは、お金じゃなくて気持ちですよユイちゃん」

　食べ終わった食器洗いとキッチン周りの掃除をしていた小鳥が戻ってきた。

「……気持ち？」

「はい。本当に相手の事を思って準備したものなら、なんでもいいんです」

　ユイは「なるほど」といった感じで、うんうんと頷く。

「……それなら」

　ユイはスマートフォンをしまいながら言う。

「……お母さんが元気になって、お仕事がんばれるものがいい」

「うん。それはいいですね。素敵だと思います」

小鳥はユイの近くに座って頭を撫《な》でながらそう言った。

嬉しそうに目を細めるユイ。

「……結城」

「ん？」

「……結城だったらなにがいい？」

「え、俺か？」

コクリと頷《うなず》くユイ。

「なんで俺？」

「……ちょっと似てるから。お母さんと」

「そ、そうかあ？」

まあ、確かにお互い忙しくしているが、結城はまだ一介の学生でミナはイケイケの企業の社長である。あまりにもレベルが違いすぎると思うのだが。

だが小鳥も。

「ふふ、そうですね。少し似てる気はします」

などと言ってくる。

「マジか。そうか……似てるのか」

まあ、凄《すご》い人だというのはこの前分かったので光栄だと思っておけばいいのか。

「……だから、結城に聞きたい。結城がもらっていちばん勉強とかお仕事がんばれるもの」

ユイは真っすぐに結城の目を見てそう言ってきた。

「そうだなあ……」

結城の頭の中を色々と考えが巡った。

ただ、元々物欲が無いほうなのでコレと言って欲しい物が出てこない。

（あーうん。なかなか思いつかないぞ……）

正直、今の小鳥がいて医者になるという目標に向かって努力している日々に満足してしまっているところがある。なので、自然と口から出てきたのは。

「モノとは違うけど……小鳥の手料理かな」

ユイは意外そうに眉《まゆ》を上げる。

「……手料理」

「ああ。小鳥がさ、毎日俺の健康のこととか美味しく食べられることとか考えて作ってくれるのがさ。もちろん味も最高なんだけど、そこに籠《こ》もってる『想い』みたいなのがホントに嬉《うれ》しくてな。今日も頑張ろう、明日も頑張ろうって力が湧いてくるんだよな」

「結城さん……」

改めてそんなことを言われたのが照れくさかったのか、小鳥は顔を少し赤らめる。

「……小鳥、熱あるの？」

ユイに指摘されてよけいに顔を赤らめた小鳥は、ユイの髪に顔をうずめて隠れる。

「これからも、もっと頑張って作りますね……」

「ああ、ありがとう。小鳥が来てから毎日が楽しいよ」

結城がそう言うと、小鳥は身悶《みもだ》えしながらユイの背中にグリグリと顔を押し付ける。

「……小鳥、くすぐったい」

「まあ実際にテストの点も良くなったり仕事の給料も上がったりしたから、そういう意味でも俺には効果てきめんだったぞ」

「……」

結城がそう言ったのを聞いて、ユイは少しの間黙って考え込んでいたが。

やがて、自分の背中に張り付いていた小鳥を剥《は》がして振り返る。

先ほどの結城の言葉がよほど嬉しかったのか、ユイの背に隠れていた小鳥の顔は夜道で会ったら不審者と疑われるくらい口元が緩みきっていた。

「……小鳥」

「ふひゃい」

返事も言語になっていなかった。

「料理……」

ユイはそんな小鳥に。

「……料理教えて」

そう申し出たのだった。

◇

さて。

そんなわけで母親に手料理を作ることになったユイは、さっそく翌日から小鳥の指導の下、料理を始めた。

それでまず、ユイが現時点でどこまで料理ができるかということだが。

「……お米って、洗剤使わないで洗うの？」

という言葉を真面目に言ってきた時には、さすがの小鳥も驚いていた。

生まれてこの方料理をしたことがない事までは結城も想定していたが、まさか四歳の時に料理を家で担当していた父親が入院してからは結城の家に来るまで料理をするところを見たことすら無かったとは驚きである。これは中々大変だぞと思った結城は。

「自分だけで一から作れるようにならなくても、小鳥の手伝いをするって形でも大丈夫だからな」

と言ったが。ユイは頑として首を横に振った。

「それだときっと……わたしの『想い』がはいらない」

そう言われて、なるほど自分は失礼なことを言ったと思った。

「そうだな……悪かったユイ」

小さな子がここまで自分でやると決意したのだ。信じて見守るのが優しさというものだろう。

「大丈夫ですよ。二週間もありますからちょっとずつ覚えましょう」

小鳥は右も左も分からないユイに丁寧に料理の仕方を教えていった。

初日は米の炊き方だけだったが、それでもできたご飯は水を入れすぎてビチャビチャしていた。

ご飯は小鳥がお粥《かゆ》にしたので何とか食べることができたが、失敗に落ち込んでいるユイの姿を見ると、やっぱりちょっと心配な結城であった。

◇

そして十三日後。

「ただいまー」

夜。普段と同じ時間に帰ってきた結城がドアを開けると、美味しそうなスパイスの匂いが漂ってきた。

「……ああ、カレーか」

「はい、そうですよ。おかえりなさい結城さん」

制服の上からエプロンを着けた小鳥が結城を出迎える。

（……何度も見てるけど、何度見ても可愛いよなあ）

家庭的で温かみがあって、そして小鳥自身がとんでもない美少女ときている。

なんというかエプロン姿の小鳥を見るだけで一日の疲れが吹き飛ぶ気がする。

「ユイは？」

「作り終わったら疲れて眠っちゃいました」

「……そうか」

結城はなるべく大きな音を立てないように靴を脱ぐと家に上がる。

上着を小鳥に預けて居間に行くと、ユイがベッドで枕を抱きかかえたまま布団に包《くる》まって寝息を立てていた。

枕をかかえるその手の指には、何か所か絆創膏《ばんそうこう》が貼られていた。

漫画みたいで少々ベタだが、慣れない料理を頑張った証《あかし》といったところだろう。まあ、実際は手先が不器用だったからというよりは、小鳥の速くて綺麗《きれい》な包丁さばきを無理に真似しようとして切ったのがほとんどらしいが。

結城は荷物を置いてベッドの前に座ると、気持ちよさそうに寝息を立てているユイの頭を優しく撫でた。

「……できれば目の前で食べて感想言ってやりたかったけど、起こすのも悪いよな」

そんなことをしていると、小鳥が晩御飯を運んできた。

メニューは先ほどからいい匂いをさせているカレー、そして白い容器に盛り付けられたサラダである。

結城はテーブルの上に置かれたそれらを見てしみじみと言う。

「……これ、ホントにユイが作ったんだなあ」

「そうですよ。材料は一緒に買いに行って、それ以外は全部ユイちゃんがやりました」

少なくとも見た目はしっかりとカレーである。サラダもしっかりと、見栄えがいいように盛り付けられていた。

初日に米を炊くことすら満足にできなかったのを見ているので、これだけでもかなり感慨深いものがある。

「……じゃあ、いただきます」

結城はユイのほうを向いて手を合わせた。

スプーンを持ち一口。

「……ああ、ちゃんと美味《うま》いな」

調味料の分量を少し間違えたのかさすがに小鳥が作ったものと遜色《そんしょく》ないとは言い難いが、それでもしっかりと小鳥特製の野菜カレーの味だった。

「まだ二週間も経ってないのに……凄いなあユイは」

「はい。すごく頑張ってましたから。私が必要以上に手伝おうとしても包丁離さなかったですからね」

小鳥は笑いながらそう言った。

その時、結城の背後にあるベッドからシーツが捲《めく》れる音がした。

「……結城？」

ユイが起きてベッドの上で体を起こしていた。

「おはよう。ユイ」

「おはようございますユイちゃん」

結城と小鳥がそう言っても寝起きで頭が働いていないのか、ボーっと結城の頭のあたりを見つめるユイ。しかし、少しすると鼻をクンクンとさせて目を見開く。

そして目線がテーブルの上に置いてあるカレーにいった。

「……おいしい？」

結城の目を見てそう聞いてきた。

結城は黙ってユイの目の前で改めて一口カレーを食べる。

そしてゆっくり噛《か》んで飲み込んで。

「美味《おい》しいよ」

そう答えた。すると今度はユイは少し不安そうな声で聞く。

「がんばろうって……気持ちになれた？」

……なるほど。

（ユイは、ミナに仕事を頑張る元気をプレゼントするために料理を覚えたんだもんな）

結城は素直な気持ちで考える。味そのものは……やっぱりさすがに普段食べている小鳥のカレーに比べるとまだまだだろう。

「そうだな……」

でも、具材は食べやすいサイズに切ってあるし、カレールーも塊ができないように丁寧に溶かしてある。「あくまでミナに作るためのお試し」という意識でなく、ちゃんと結城に美味しいと思ってもらいたいという『想い』がこのカレーには込められているのを感じた。少なくとも結城はその『想い』を嬉しいと思った。

だから。

「うん……これ食べたら明日も頑張れそうだよ」

「……やった」

小さくガッツポーズをとるユイ。

「ふふ、これで後はミナさんの誕生日を待つだけですね」

小鳥はそんなユイの姿を見て、本当に嬉《うれ》しそうに微笑む。

「まだまだ……明後日までにもっとおいしくする」

ふんす、と鼻息荒くそう言うユイ。

その様子を見て「ゲームやってるときの小鳥みたいだな」と結城は笑う。

「わ、私いつもあんな感じになってますかね……」

小鳥は少し恥ずかしそうにそう言ったのだった。

◇

「ふう……」

ミナの誕生日当日。

結城は働き先の一つである親戚《しんせき》が経営する工場で働いていた。辺りは大分暗くなってきている。結城は鉄の匂いがする倉庫の中の時計を見て一人呟《つぶや》く。

（……もうすぐミナさんが到着する頃かな）

残念ながら結城のほうは仕事の予定を事前に入れてあり、ミナの帰ってくる十九時に帰宅が間に合わなかった。

そういうわけで、申し訳ないが誕生日会のスタートは小鳥とユイにお任せである。

（……まあ、それでも急いで仕事を終わらせれば一時間は遅れずに済む）

結城は一度自分に気合いを入れなおすと、倉庫に部品を仕舞《しま》う作業を再開する。

この作業というのがかなりの肉体労働で、軽い部品でも重さ五キロ、重いものでは六十キロ近くになったりする。フォークリフトという重いものを運ぶための車両もあるが数があるわけではないのと、広々とした倉庫ではないので入れない狭いところには人が持って行って入れるしかない。

おかげで野球をやめた今でも筋力はそれなりにあるほうである。

「しっかし、とはいえやっぱりこの作業は疲れるなあ」

結城は作業服の袖《そで》で汗をぬぐった。あとは中型の部品が三十個ほど。中型と言っても一つ二十キロはあるが。あと一息。これが終わったら誕生日会だ。

その時。

「あ、結城くーん」

人の好《よ》さそうな声が倉庫の入り口のほうから聞こえてきた。

背が低く、やせ型で眼鏡をかけた三十代の男が安全靴の足音を立てながら入ってくる。

「あ、深川《ふかがわ》部長」

「今日も遅くまでごくろーさま。あとどれくらい残ってる？」

「そこのパレットに載ってる分だけですね」

「じゃあ、あとちょっとだね」

深川部長は軍手の指先をいじりながら少し考えると。

「……うん。よし、あとは僕がやるから今日はもう上がっていいよ」

そう言った。

「え？　いいんですか」

「だって今日は、このあと予定があるんでしょ？」

「そうですけど……言いましたっけ？」

「言ってた言ってた。最近の結城くんはよくプライベートの話するからねえ。更衣室で武《む》藤《とう》くんに話してるの休憩室まで聞こえてたよ」

「そ、そうですか」

更衣室と休憩室はカーテンで仕切られているだけで隣接している。

どうやら話し声が漏れていたらしい。

「春過ぎくらいから付き合い始めた彼女さんだっけ？　今日は彼女の誕生日か何かかい？」

「まあ、だいたいそんなところです」

正確には、彼女と一緒に面倒を見てる子供のお母さんの誕生日である。

「だったら早く帰ってあげるといいよ。やっぱりパートナーとの時間は大事にしなくちゃねえ。いつもは見逃してくれるからってあんまり帰りが遅いと、ある日突然怒られるからね……いやほんと、そうなるとなだめるのが大変なんだよ」

ハハハと力なく笑う深川部長。

これでも三十代前半という若さでこの小さな会社の製造部門を一手に支えており社長である結城の親戚からも信頼は厚いのだが、その分いつも遅くまで残って仕事をしていることが多い。一年前に子供が生まれ、育児に励む奥さんからはその辺りのことでチクチクと嫌みを言われているようだった。

「深川さんも大変ですね」

「まあ、仕方ないよ。ちょっと偏見かもしれないけど、だいたいの女の子はすごい寂しがり屋だからねえ」

「そうなんですか？」

「うん。僕が三十年で会ってきた女の子はだいたい皆そうだったなあ。もちろんそうでもない子もいると思うけどね。だから特別な日はできれば早く帰ってあげなよ」

「その理屈だと、深川さんこそ俺の仕事引き受けたりしないで早く帰ってあげたほうがよくないですか？」

　すると深川部長は手をヒラヒラと振って言う。

「いいのいいの、ちょうど先週爆発してなだめ終わったところだから。たぶん、あと二か月は機嫌いいと思うよ……たぶん」

　ははは、と力なく笑う深川部長の目には悟りの境地のような静かな決意が満ちていた。

　そんな目をされると、ハイそうですかって言いづらいことこの上ない。

「……分かりました。じゃあ、運ぶの手伝ってもらっていいですか？」

「え、いいのかい？　全部任せてくれてもいいんだよ」

「はい。元々遅くなることは言ってあるんで。二人でやれば時間は半分ですから」

「……結城くんはいい部下だなあ」

　深川部長はそう言うと、さっそく部品を二つ両手で持って倉庫の中に入っていく。

　やることが決まったら間髪容《い》れずにさっさと動く。工場の仕事を長年やってきた人間の素早くて無駄の無い動きだった。

　しかし、よくあの細い体で結構な重量の部品を軽々と持てるなと改めて感心する。

「よいしょっと」

　結城も部品を持つと深川部長の後に続いて倉庫の奥に歩いていくのだった。

◇

『仕事終わった、今から帰る』

結城は工場を出るときに、スマートフォンで小鳥にそうメッセージを送った。

時刻は十九時十分。もうミナは到着してる頃だろうか？

すると小鳥から返信が来た。

『お仕事お疲れさまです。ミナさんはまだ来てません』

「ミナさんも仕事で少し遅れてるのかな？」

結城は一人そう呟いた。もしかしたら帰る途中でばったり出くわすかもしれないな。

そんなことを思いながら帰り道を歩く結城だったが、結局アパートの前に着くまでにミナと会うことは無かった。

階段を上って自分の家の前に行くと扉を開けて中に入る。

すでに部屋には美味しそうなカレーの匂いがしていた。

だが玄関には……小鳥の靴とユイの小さな靴しかなかった。

「……おかえりなさい結城さん」

いつものように出迎えた小鳥だったが、少し表情が暗い。

「ただいま……何かあったのか？」

「ええと、実は」

居間のほうを見ると、ユイがテーブルの前で俯《うつむ》いて座っていた。

◇

『悪いユイ。外せない仕事ができて今夜帰れるか分からなくなったわ』

『帰れるとしてもかなり遅くなると思う。待つのが無理そうなら結城くんたちと食べてそのまま解散してもいいわよ』

ユイのスマートフォンの画面にはそんなメッセージが送られていた。

今回のは氷堂を通してではなく、ミナからの直接のメッセージだった。

「なるほどな……」

結城はメッセージを読み終わると一人そう呟く。

（ここは、ミナさんの無神経さに怒るところ……なのかもしれないけど）

だけど、そもそも想定しておくべき事態だったかもしれないな。

と結城は思った。

正直、ミナほどではないが忙しく働く結城からすれば、ミナの事情も分からなくはないのだ。

結城が働いている工場ですら、製品に不備があればどうしても仕事が長引くことはある。ミナのような勢いのある会社の社長ともなれば、急に放っておけない用事が入るのも日常茶飯事というものだろう。

ミナがいるのはビジネスという「勝負」の世界だ。

中途半端にやっていては勝ち残れないし、社員とその家族も巻き込んでしまうことになる。なので、結城は心情的にミナを責めることが難しかった。

（ただ、あんまり言い方が上手《うま》くないよなあ）

と、結城は思う。

ミナのメッセージはユイや結城たちの時間を浪費させないよう気を遣ってのものなのだろうが、この日のために頑張ってきたユイからすれば突き放されたように感じるだろう。

まあユイが手料理を作っているのはサプライズにしていたため、ミナからすれば知る由もないのだが……。

「……」

ユイは先ほどからミナから送られて来たメッセージを見ながら俯いていた。

特に言葉にすることはなかったが……きっとショックだったのだろう。

「ユイちゃん……」

小鳥が見かねてユイに声をかけようとするが。

「……しかたないよね」

ユイは呟《つぶや》くようにそう言った。

「お仕事だもん……」

キュっと、スマートフォンを小さな手で握る。その手には、頑張った証《あかし》である切り傷の跡と絆創膏《ばんそうこう》。そのまましばらく俯いていたが、やがて一人で何度か頷《うなず》いて。

「うん」

ユイは顔を上げた。その表情はいつも通りの無表情だった。

いやむしろ、見た目だけなら普段よりも明るい感じだ。

「大丈夫ですか、ユイちゃん？」

心配そうな小鳥の声にも。

「……大丈夫」

そう言って、親指を立ててサムズアップ。きっと結城と小鳥を心配させないために、無理をして明るくしているのだろう。強い子だな、と結城は思った。

なら、ここは自分たちも必要以上に暗くなることはないだろう。

「よし!! じゃあ、先に食べて待ってようぜ。俺もう腹ペコペコだわ」

「……まかせて」

ユイは立ち上がると、料理を盛り付けに台所に向かう。

「今回は自信作、結城のほっぺおちるにちがいない……」

「おお、それは楽しみだな」

結城は小鳥のほうに目線を送る。

それだけで意図は伝わってくれたのか、小鳥はフッと息を吐くと心配そうな顔から笑顔に切り替える。

「食べ終わったら、三人でゲームして待ちましょうよ。ユイちゃんも上手になってきましたし」

「えー。あの格ゲー、小鳥だけ強すぎるんだよなあ」

「……トラウマ」

小鳥の提案に結城とユイは異を唱える。

特にユイは結城と少し練習した後小鳥に挑み、小鳥のあまりにも情け容赦ない鬼畜ハメ技を食らって一ダメージも与えられずにパーフェクト負けしたというトラウマがある。

「えー」

小鳥は不満そうに口を尖《とが》らせる。

「じゃあ、二対一でどうですか？　それならきっといい勝負になると思うんです」

ゲームとなると、いつもよりワガママになる小鳥だった。

◇

さて、その後。

結城たち三人は、ユイの作ったカレーを食べた。驚くことに前に食べた時よりもさらに美味《おい》しくなっていた。小鳥も凄《すご》くよくできていると太鼓判である。

聞けばユイは自分の部屋に戻っても毎日作っていたという。

凄い努力家だなあと、結城が褒めると嬉《うれ》しそうに自分の作ったカレーを口に運んでいた姿が、なんとも子供っぽくて可愛らしかった。

食事が終わったら今度は三人でゲーム。

小鳥が提案した通り二対一だったのだが、やはりというかさすがというか二人がかりでも小鳥にぼっこぼこにされた。

しかし一応勝負らしい勝負にはなったので、何度も対戦していくうちにだんだんとコツがつかめて来て、気が付けば結城もユイも夢中になってやっていた。

基本的にゲームは小鳥に付き合ってやるくらいの結城にとっては、こんなに夢中になってゲームをやるのは久しぶりだった。

楽しいな、と素直に思った。

　ゲームそのものもそうだが、こうしてユイや小鳥と同じもので遊んでいるということが楽しかった。そうやって時間は過ぎていく。

　そして……。

「……ミナさん。帰ってこないですね」

　ゲームを一通り終えた後、小鳥が三人分のお茶を淹《い》れながら言う。

　結城は時計を見る。時計の針はとっくに零時を過ぎ、今は一時。

　誕生日を祝うはずだったのに誕生日は過ぎてしまった。だが、ミナは姿を現さない。

　結城はさすがに心配になってきて、ユイのほうを見る。

　ユイはスマートフォンを取り出した。指の動かし方を見る限りいつものゲームをしているのではなく、ミナからの新しいメッセージを確認しているのだろう。

　だが、すぐにポケットにしまう。新しいメッセージはなかったようだった。

　そして、ユイはおもむろに立ち上がる。

「そろそろ……帰るね」

「……ユイ、いいのかミナさん待たなくて？」

　今日のミナとの約束はユイにとって思い入れのあるものだ。

　ずっと楽しみにして準備をしてきた。確かにミナは帰ってこられないかもしれないが、もう少し待ってもいいんじゃないだろうか？

そう思ったのだが。

「……待つよ」

ユイは強い意志を持った目でそう言った。

「でも……」

ユイは結城と小鳥を見て言う。

「結城も小鳥も、明日もいそがしいだろうから……わたしの家で待ってる」

「……」

「……」

そう言われて結城と小鳥はお互いに顔を見合わせる。

確かに結城は明日も朝から仕事だし、小鳥もそんな結城の弁当と朝ごはんを作るので結城以上に朝早い。そうなのだが、こんな状況になってもこちらのことを気遣えるとは。

正直、自分が同じ年の時だったら、不満で不機嫌になって周りにあたらない自信はない。

「一人で待つつもりなのか？」

「……うん。大丈夫、一人は慣れてるから」

凄いな。この子は。年不相応なほどにあまりにも強くて優しい。

何度もそう思って来たが、今改めてそう思った。

……だからこそ。

（俺はこの子に優しくしよう）

結城はそう思った。

小鳥も同じようなことを考えたのだろう、優しく微笑んでいた。

「ここにいていいぞ、俺もミナさん来るの待つから」

結城はそう言った。

「……!?」

ユイは驚いたように目を見開く。

「なに驚いてるんだよユイ？」

「……だって結城、明日もいそがしいでしょ？」

「気にするな。一日くらい寝なくても何とかなるよ」

首を横に振るユイ。

「……めいわくはかけたくない」

「おいおい、今更水臭いこと言うなよ。俺だってご近所さんの誕生日を祝いたいんだから。てかもう決めたから。ユイが嫌だろうが、俺も勝手にミナさんのこと待つからな」

「……」

ユイは少し呆然《ぼうぜん》としたような様子で結城の顔を見る。

今度は小鳥がそんなユイの側にやってきて、膝《ひざ》立《だ》ちで目線を合わせて言う。

「ユイちゃん。一人で待つのはきっと寂しいですよ」

「……慣れてる」

ユイは先ほど言った言葉を繰り返す。

そうは言うがそれは「慣れている」だけで「寂しくない」わけではないのではないだろうか？　と結城は思う。

親の干渉が強かった結城自身にその感覚はないが、普通に考えてみれば、この年の子供が親と一緒にいられずにずっと一人で過ごすというのは、凄く寂しさを感じるものだろう。

小鳥はそんなユイの頭を優しく撫《な》でる。

「そうですね。ユイちゃんは強い子だと思います。私みたいに結城さんの帰りが遅いと寂しくなっちゃう弱虫とは違いますよね」

でも、と言って言葉を続ける。

「少なくとも、一人よりも三人で待ったほうが寂しくないと私は思うんです」

「……」

「迷惑じゃないって言ってもユイちゃんは納得しないと思います。だから……迷惑、かけてください私たちに。ユイちゃんが大好きなお母さんに喜んでもらえたら嬉しいって考えるように、私もユイちゃんが大好きですから、ユイちゃんが少しでも寂しくなくなったら嬉しいです」

「小鳥……」

ユイはしばらく黙ったまま、その場で固まって立ち尽くしていた。時計の秒針が一周しても、まだ動かなかった。だが、やがて。

小鳥のほうに歩み寄ると、自分から小鳥の胸に顔を埋《うず》めた。

「ごめん、今日はいっしょに待ってくれるとうれしい……」

その目には少しだけだが涙が滲《にじ》んでいた。

強くて優しい子の、ほんのちょっとだけ漏れ出した弱さだった。

「はい、一緒に待ちますよ。ありがとうございます。ワガママを言ってくれて」

結城はそんな二人の様子を見ながら、自分のスマートフォンを取り出した。

食事をしたときに交換したミナの連絡先にメッセージを送る。

『ミナさん。今日は三人でいつまでも待ちますから、どんなに遅くなっても必ず帰ってきてください』

本来こういう強制するような言い方はしたくない結城だったが、今回ばかりはユイのことを思うとそう送らざるをえなかった。

◇

それから結城たち三人は、ミナを待った。しかし、ミナは帰ってこない。

そのまま一時間がたち。

二時間がたち。

三時間がたち。

まだミナは帰らない。

途中から三人はベッドの上でユイを挟んで身を寄せ合って座ってミナを待った。

「……大丈夫ですよユイちゃん。きっとミナさん帰ってきますから」

小鳥がユイにそう言ってユイの頭を撫でる。

ユイはそんな小鳥に体を預ける。その目には少しだけ涙が滲んでいた。

（……大人なら、子供との約束は守ってくださいよミナさん）

結城はさすがに少しだけミナに苛《いら》立《だ》ちながらそんなことを思う。

そしてまた、一時間がたった。

結城は外を見る。辺りが明るくなり始めてきた。

結城はユイに付き合っていつまでも待つつもりだったが、さすがにここまで来てしまうと結論を出さざるを得ないと思ってしまう。

すなわち、ミナは帰れなかったのだと。

「……結城」

そんなことを思っていると、小鳥にもたれかかっていたユイがこちらのほうを見上げて言う。

「……ありがとう」

哀《かな》しげで、しかしそれをできるだけこちらに見せないように堪《こら》えた震える声で、ユイはそう言ってきた。

「ユイ……」

結城はそんなユイを自分のほうに引き寄せて抱きしめる。

小さな温かい体は、弱々しく震えていた。

「なあ、寂しい時は無理に我慢しなくていいからな……」

「……」

ユイは何も言わずに、結城にギュッと手を回してくる。

優しくて強い少女の我慢は、今にも決壊しそうだった。

その時。

カン、カン、カン。

と、静寂の中で階段を上る足音が聞こえて来た。

「……!!」

ユイが顔を上げる。

足音はだんだんと結城の家のドアのほうに近づいてくる。

そして。

ガコン。

と郵便受けにチラシを挟んだ音がした。

そのまま再びカッカッと音を立ててドアの前から足音が遠ざかっていく。

「……ぁ」

ユイの口から言葉にならない、呻《うめ》きのようなものが漏れる。

そして先ほどまで何とか堪えていた無表情が一気に崩れ、抑えていた感情が流れ出そうになったその時。

カンカンカン。

と今度は駆け足で階段を上る音が聞こえてきた。

その音は先ほどと同じく、結城の家の前で止まる。

そして。

ピンポーン。

とチャイムが鳴った。三人はすぐに立ち上がり玄関まで行く。

結城が覗《のぞ》き穴から外を見ると、見覚えのある赤いドレススーツを着た人が映っていた。

結城は扉を開ける。

「……はあ、はあ、駐車場から走っただけでこの様《ざま》なんて、年齢感じるわね」

そこには膝に手をついて肩で息をするミナの姿があった。

「ふう……いやホント悪いわね三人とも。しかし、ホントにこんな時間まで起きて待っていてくれるなんて、貴方《あなた》たちも変わってるわね」

見ればこの前会った時にはピシッと着こなしていたスーツがかなりヨレているし、エネルギーの塊のようだった雰囲気も少しだけ疲労が溜《た》まっているように見える。

ユイが一歩前に出て、そんなミナの前に立つ。

「……お仕事。大丈夫なの？」

「あ、ああ。ちゃんと片づけてきたわよ」

ユイとミナの会話を初めて見たが、普段会わないからか少しぎこちない感じがした。

だが、そんなことは今はどうでもいい。

「ミナさん、上がってください。晩御飯用意してありますよ」

「お、それは楽しみね」

「どうぞミナさん。上着と荷物お預かりしますよ」

小鳥がそう言ってミナの上着とカバンを受け取る。

「じゃあ、お邪魔するわね」

ミナは一言そう言って結城の家に上がった。

◇

「綺麗《きれい》に掃除してあるわねえ。ウチのオフィスより遥《はる》かに綺麗だわ」

ミナは居間でテーブルの前に胡坐《あぐら》をかいて座りながらそんなことを言った。

結城はミナの向かい側に座る。

ユイと小鳥は食事の準備をしている。結城はそれまでの話し相手だ。

「小鳥がいつも丁寧にやってくれてるんで。快適に過ごさせてもらってます」

「ホントにいい彼女ねえ。絶対に離しちゃダメよ結城くん。見た目のいい女なんて本気で探せばいくらでもいるけど、自分のことをホントにサポートしてくれる子はなかなか見つけられないものよ」

「もちろんそのつもりです。一生離す気はありません」

「全く躊躇《ちゅうちょ》なく真っすぐな目で言うのね。ほんと覚悟決まってるわねえ結城くんは」

ミナは参った参ったと降参のポーズをとる。

到着した時は急いで戻ってきたせいか少々疲れた様子だったが、一息ついたらいつもの明るい調子のミナである。

「……でも、本当に助かったわ結城くん」

ミナは少しだが真剣な声になって言う。

「何がですか？」

「メッセージよ、一時ごろ送ってくれてた。あれがなかったら帰るの諦《あきら》めてたかもしれないわ」

「ああ、あれですか。強制するような言い回ししてすいませんでした」

「いいのいいの。それにユイだけだったら、アタシが帰るまでは待ってなかったでしょうし。こうして娘に誕生日を祝ってもらえるのも、結城くんたちが一緒に祝おうとしてくれたおかげよ」

「え？」

ミナの言い回しに違和感を感じる結城。

「いや、ユイは俺たちがいなくてもミナさんを待つつもりで……」

「お待たせしました。ミナさん」

ちょうどその時、キッチンから小鳥とユイがやってきた。

小鳥が持っているのはサラダの盛り合わせと、冷たいお茶。

そしてユイが持っているのはカレーライス。この日のために、この時のために、母親のために作ったカレーである。それらがテーブルの上に置かれる。

「カレー……ってことはこれが噂の結城くんが言っていた世界一美味《おい》しいカレーね？」

ミナが楽しそうにニヤリと笑いながらそんなことを言う。

ここで教えてもいいのだが、それは食べてもらってからにとっておこう。

結城は少し意地悪に笑いながら言う。

「まあ、そんなところです。俺たちはもう食べたんで、どうぞ食べちゃってください」

「それじゃ、遠慮なく」

いただきます、と手を合わせてミナはスプーンを手に取る。

ご飯とカレーをすくって一口。

「……おお、いいわね。美味しいじゃない」

ミナは感心したようにそう言った。

「高級感があるとかじゃないけど、野菜の素材で味を出してるから食べやすいわね。何より、具材の切り方とかご飯の柔らかさとかも食べやすくなるように丁寧に作られてるのを感じるわ。小鳥ちゃんの深い愛情を感じるわねえ。こういうのを毎日食べられるなんてなかなか贅沢《ぜいたく》な男ね、結城くんは」

「……ふふ」

カレーの出来をべた褒めするのを聞いて小鳥が思わず笑ってしまった。

「ん、どうしたの小鳥ちゃん？」

「あ、いえ、すいません」

「なによ、気になるじゃない」

　まあ、このあたりで教えてもいいだろう。結城はユイのほうを指さしながら言う。

「ミナさん、そのカレー作ったのはユイですよ」

「え⁉」

　ミナは驚いて目を見開いてユイのほうに顔を向ける。

「本当にユイが作ったの……？」

「……」

　ミナがそう聞くと、ユイは黙って頷《うなず》く。

「……そう。ユイが」

　ミナは目の前で美味しそうに湯気を立てるカレーをマジマジと見てそう言った。

　そして、反応に困ったように頭を掻《か》くと。

「その、なんだ……ありがとう」

　普段の大きな声とは打って変わって、小さい声でユイにそう言った。

「……うん。お誕生日おめでとう」

　ユイはフラットな表情と声でそう答える。結城はそんな二人の様子を見て思う。

（……思ったよりも嬉《うれ》しそうにしないんだな、ユイ）

最近のユイは結城たちの前であれば、こういう時は分かりやすく喜びが仕草や表情に表れるのだが、普段あまり会わない母親の前だと、どこか結城たちと最初に会った頃のような遠慮とぎこちなさが出るのかもしれない。

「ええと。もう少し食べても平気かしら？」

「……うん。おかわりもあるよ」

やはり二人の会話はぎこちない。

（こっちが本当の親子同士なのになあ）

不思議な話だと、そんなことを思う結城。

だけど少なくとも。この親子は一緒の時間を過ごせている。

そして分かりやすくではなかったが、ユイの少し緊張したような顔は嬉しそうに少しだけ頬が緩んでいるように結城には見えたのだった。

◇

「……ふう、ごちそう様」

ミナはパチンと手を合わせてそう言った。

なんとミナは三杯もおかわりしてしまい、結城家の炊飯器が空になった。背が高いとはいえ女性でありながらなかなかに凄《すご》い食欲である。

前に深川部長が「三十過ぎるとねえ、急に若い時みたいに味の濃いもの食べられなくなってくるんだよねえ」と、悲しそうな目で言っていたことがあるが、どうやらミナにはあまり関係ないようだった。

「前にレストラン行った時、こんなに食べてましたっけ？」

「アタシにとってああいうところは、お腹を満たすより味と雰囲気を楽しむためのところよ」

「なるほど」

「あ、そうだ。俺と小鳥からです」

結城がそう言って取り出したのは、二日酔いに効くと銘打たれている滋養強壮剤の六本入りセットだった。

小鳥からは「それでいいんですか？」と言われたが、結城はこれしかないと思ったプレゼントである。

「会食とかも多いでしょうし、お酒飲んでなくても肝臓にいいんで翌日体調良くなりますよ」

「お、いいわね。体調は最高の資産だからね。試しに飲んでみるわ」

嬉しそうにするミナ。どうだ、やっぱり俺の判断は間違っていなかったろうと、ドヤ顔を小鳥に向ける結城。小鳥は苦笑していた。

「……さて」

ミナはゴテゴテしていないが高級そうで品のいい腕時計を見る。

「そろそろ仕事に戻らないとね」

「もうですか⁉」

「実は、仕事のほうが一段落ついたところで来ちゃったのよ。まだ残ってるわ」

ミナは笑いながらそう言った。相変わらず凄い働く人だなあ、と思う結城。

いやまあ、そうは言いつつ結城もこの数時間後には仕事に行くのだが。

その時。

（……あ）

結城が居間の入り口のほうに目をやると、ユイが不安そうな顔でこちらを見ていた。

（ああ、まあ。ミナさんの仕事の邪魔になったとしたら嫌だよな。ユイは）

なので、結城はミナに聞いてみることにした。

「ご迷惑でしたか？」

すると、ミナは顔の前でヒラヒラと手を振って。

「まさか。いい息抜きになったわ。これでまた会社に戻って仕事が頑張れるってものよ」

そう言った。

「……!!」

ミナのその言葉を聞いて、隣にいる小鳥の手を両手で持って嬉しそうにフルフルと手を振るユイ。

小鳥もそんなユイの頭を撫《な》でる。結城も「よかった」と単純に思う。

まだ親子の関係はぎこちないが、少なくとも少しは距離が縮まったなら今日は凄く価値のある日だったと思う。

「だからこそ……残念ねえ」

ミナが唐突にそんなことを呟《つぶや》いた。

「残念？」

「ええ、最近事業の海外展開が上手《うま》く行きはじめたのよ」

「そうなんですか、おめでとうございます。グローバル企業の仲間入りなんてめでたいじゃないですか」

結城には正確にミナのやってることがどれだけすごいか分かるわけではないが、少なくとも日本の中だけでなく世界でも戦っていくという気概がミナらしいなと思った。

「ありがとう」

ミナは誇らしそうに答える。

そして。

「だから来月からアメリカに移住することにしたわ」

　と、そんな言葉を口にした。

「……え？」

　結城は最初ミナが何を言ったかが分からなかった。

　だが、すぐにその言葉の意味を理解する。

「こんなにいいお隣さんに恵まれたのは初めてだったんだけどねえ。結城くんと話してるとこっちが刺激をもらえて面白かったし、ユイの面倒も見てくれるし。とはいえ本格的に海外展開に着手することになったらアタシが行かないわけにはいかないわ」

「ってことはユイも？」

「まあ、そういうことになるわね。日本に残そうにも頼れる親戚《しんせき》もいないしね」

「……そうですか」

「さて」

　ミナはそう言うと立ち上がった。

「急いで帰ってきたからなにも用意できなかったけど、引っ越す前にまたお礼させてもらうわ」

　そう言い残してミナは結城の家を後にする。

　結城と小鳥とユイの三人は、玄関の前まで行ってミナを見送る。

ミナの姿が見えなくなるまで見送ると、小鳥が一言。

「ユイちゃん……引っ越しちゃうんですね」

そう言った。

感情の抜けたような声、表情も放心したように感情が抜け落ちていた。

急に告げられた別れに心の整理が追い付かないのだろう。

「……小鳥」

ユイはそんな小鳥の手を握る。だが、そのユイの声も少し震えていた。

結城はそんな二人の肩に手を置いて言う。

「しかたないさ。あと一か月、楽しい思い出を作ろう」

小鳥とユイが結城の胸に顔を埋《うず》めてきた。

結城はそんな二人が落ち着くまで優しく抱きしめるのだった。

◇

「……」

堀《ほり》井《い》ミナはアパートを出ると、後ろを振り返って先ほどまで自分がいた部屋のほうを見る。扉の前には、告げられた別れに悲しそうにする自分の娘と高校生の少女。そして、その二人を気遣うように優しく抱きしめる若いながらも気骨のある少年。

「……あの子たちのほうが、よっぽど家族よね」

そう呟くと、再び彼らに背を向けて仕事という自分の場所に戻っていくのだった。

◇

「ユイちゃん、今度はあっちのアトラクションに乗ってみましょうよ!!」

「……うん。ジェットコースター、乗ってみたい」

「俺、乗り物弱いからあんまり得意じゃないんだよなあ」

ミナからユイの引っ越しを告げられた結城たちは、その翌週の日曜日に遊園地に遊びに来ていた。結城が言ったようにアメリカに行ってしまう前に何か思い出を作ることにしたのである。

「……しかし、まさかこれが役に立つとは思わなかったなあ」

結城がそう言って手に持っているのは、二か月前に購入した遊園地のペアチケットだった。そう、このチケット、一学期の試験のときに小鳥との時間が取れなかった結城が、試験が終わったら一緒に行こうと思って買ったものである。

結局色々あって行けなかったが、見ればちょうど期限があと二週間だったのだ。

遊園地ならユイも前にパンフレットを読んでいたくらい行きたがっていたのでちょうどいいと思い、結城は深川部長に無理を言って急遽《きゅうきょ》休みをもらったのである。

ちなみに、ユイの分のチケット代と旅費はミナが出してくれた。

……あと。

「氷堂さんはどうします？」

結城は後ろを振り向いて、眼鏡をかけたスーツ姿の女性に言う。

「いえ、私はあくまで仕事中ですので」

氷堂はやや冷たい声音でそう言った。

ミナの秘書でもある氷堂が遊園地までの送迎と、ユイの保護者代わりということで一緒に来ていた。

今日だけでなく、最近は氷堂がちょくちょく結城の家に顔を出して、ユイの様子を見に来ていた。もしかしたら、急に引っ越しをすることを告げたのでミナなりに心配して、氷堂にユイの様子を見に来てもらっているのかもしれない。

「アトラクションの列に並ぶようでしたら、私はあちらのベンチで待ってますのでどうぞ三人で行ってきてください」

「いいんですか？　さっきから一つもアトラクションに乗っていませんが」

「もちろんです。先ほども言いましたが、あくまで私はユイ様の保護者を代行するだけの仕事ですので、いないと思ってもらって構いません」

　相変わらず、事務的なしゃべり方をするなあと結城が思っていると。

「私は今まで社長に代わって時々ですがユイ様のお世話をさせてもらってきました。あなたたちと出会ってからのユイ様は本当に楽しそうです」

　そんなことを言ってきた。その眼鏡越しの少し冷たい印象を受ける目は、小鳥と手を繋《つな》いで楽しそうにしているユイのほうを向いていた。

「ですから三人で楽しんできてください。今日はあなたたち三人の思い出を作りに来たのでしょうから」

　なるほど、この人なりの気遣いって事か。

「……分かりました。ありがとうございます」

「お気になさらず。仕事ですから」

　相変わらずの言い回しに結城は少し苦笑しながらも、ユイたちのほうに向かう。

　小鳥とユイがすでに列の最後尾に並んでいた。

「凄く人気みたいですね。私、ジェットコースターには乗ったことがないので楽しみです」

「……わたしも、前は身長足りなくて乗れなかった。今なら行けるはず」

　小鳥とユイは、遊園地のパンフレットを二人で見ながら楽しそうにそんなことを話す。

（二人とも思ったよりも元気そうでよかったな）

結城は二人の様子を見ながらそんなことを思った。

特に小鳥はユイのアメリカ行きを告げられた時は放心状態だったので心配していたが、むしろここ数日は普段よりも明るいほうである。

積極的に残りの時間を楽しくユイと過ごしたいという気持ちの表れだろうか。

これまでは一緒の空間にいてもユイも小鳥も基本は別々のことをやっており、話をすることはあまり多くなかったのだが、ここ数日小鳥はユイとよく話すようになった。

「氷堂さんはベンチで休んでるって」

結城は二人と一緒に列に並ぶ。

「そうですか」

小鳥はそう言うと、結城にこっそり耳打ちして言う。

（……あとで氷堂さんにはお礼を言わないとですね）

どうやら小鳥は、氷堂の気遣いを分かっていたようである。

「さあ、今日は楽しい思い出たくさん作りますよ、ユイちゃん結城さん!!」

えいえいおー!!　と小鳥は空に向かって拳《こぶし》を突き上げる。

ユイもつられて「おー」とイマイチ抑揚に欠ける声で言いつつ、小鳥の真似をするのだった。

◇

「ふぅ……いやあ、楽しかったけどだいぶ疲れたな」

遊園地からの帰り道。

結城は氷堂の運転する車のシートにぐったりと寄りかかった。

「結城さんって絶叫マシン苦手だったんですね」

ユイを挟んで右側に座る小鳥がそう言ってくる。

「ああ。怖いよりは酔うのが苦手なんだけど、ただアトラクションの演出が思ったよりも楽しくて結局色んなの乗っちゃったなあ」

結城は隣に座るユイに聞く。

「ユイも楽しめたか？」

すると、ユイは親指をグッと立てて頷《うなず》く。

「……もちろん。写真もたくさんとれた」

「私にも見せてもらっていいですか？」

小鳥がそう言うとユイは、スマートフォンを取り出す。

「今写真送る……あ、でも、ちょっと待って」

「どうしたんだ？」

結城の問いに、ユイはいつもやっているスマホゲームを起動しながら言う。

「……ログインボーナス。あと三分で取り逃すところだった」

ユイは画面を操作し出した。

熱心だなあと思いつつ、結城は前から気になっていたことを聞いてみる。

「そう言えばユイがいつもスマホでやってるゲーム、あれってミナさんの会社のやつだよな？」

「……うん、そうだよ」

前にユイが結城に送ってくれたゲームのプレイ動画で流れていた曲と、ミナさんが食事の帰りに歌っていた曲が同じだったので気になって調べてみたのである。

そうしたら制作会社のホームページに見事に「代表取締役　堀井ミナ」と書かれているではないか。

「ユイがそんなにハマってるってことは、ミナさんの作ったゲームやっぱり面白いんだな」

スマホゲームは一度大谷《おおたに》の勧めでやってみたことがある。まともにやろうとするとかなり普段から時間を取られるため結城の生活リズムには合わずすぐにやめてしまったが、確かにグングンとステータスやスキルが上がっていったり、ガチャでいいキャラを引いたときは楽しいなと思った。

「……おもしろいよ。でも、それだけじゃなくて」

ユイは画面を嬉《うれ》しそうに見つめながら。

「お母さんの作ったゲームだから……」

そんなことを言った。

「ユイちゃんはやっぱりお母さんのこと大好きなんですね」

小鳥がそう言ってユイの頭を撫《な》でる。

「うん」

即答してユイは頷く。

「……むかし。わたしが五歳のとき。熱を出したことがあった」

ユイは昔を懐かしむように遠くを見て話しだす。

「……でもその頃はお父さんは入院してて家にいなくて、一人なのがどうしてもさみしくなってお母さんに電話しちゃった。お仕事中なのに」

ユイにもそんな時期があったんだなと、結城は意外に思った。

今のユイなら意地でも連絡はしなそうである。

「でも、そうしたら、お母さんすぐに家に来て一緒にいてくれた……」

ユイは嬉しそうに少しだけ目を細めてそう言った。

「そうですか……優しいお母さんですね」

小鳥がそう言った。

「……ミナさんやるなあ」

結城も感心したように言う。

当時のミナがどれくらい仕事をしていたか見ていたわけではないが、おそらく今と大差ないくらい働いていただろう。いや、ミナの会社を軽く調べた感じでは急成長したのはここ五年くらいのことだと経済系のニュースサイトに書いてあったので、ユイが五歳のときということはちょうど伸び始めた時期だろう。

下手をすると今よりもっと忙しかったのかもしれない。

それなのに、病気の娘の下に駆けつけてきたのだ。

（誕生日会の時も結局来てくれたし、ミナさんって普通にユイのこと気にしてるよな）

そんなことを思う結城だった。

◇

氷堂にアパートの最寄りのコンビニの前で降ろしてもらい、結城たち三人は自分たちの部屋の前に戻ってきた。

辺りはすっかり暗くなり、すでにいつもであればユイは自分の部屋に戻っている時間だった。

「……じゃあ、おやすみ」

ユイは自分の家のドアを開けながら、結城たちにそう言った。

晩御飯も遊園地で食べてきたので、後は準備をして寝るだけだった。

「はい、おやすみなさいユイちゃん」

「おやすみユイ」

小鳥と結城がそう言うと、ユイは一度頷いて自分の家の中に入っていくのだった。

「さて、俺らも早く寝るか。誕生日会の日に徹夜した時はさすがに調子悪かったしなあ。やっぱり睡眠って大事だと思い知ったわ」

「……」

「ん、どうした小鳥？」

「え？　はい、なんでしょうか？」

「いや、俺たちも明日に備えて早く寝ようぜって言ったんだけど」

「そうでしたか……そうですね」

結城は小鳥の様子に違和感を覚えつつも、自分の家の鍵《かぎ》を開けて扉を開く。

小鳥も結城のも一緒に今日着たものの洗濯をしながら寝る準備をするので、一緒に結城の家に入っていく。

「ただいま……と」

結城が靴を脱いで家に上がる。一方小鳥は。

「……ふう」

玄関に入った途端、靴も脱がないまま座り込んでしまった。

「大丈夫か小鳥？」

「はい、すいません。気が抜けてしまって」

小鳥は今日は珍しく、ユイや結城にあれをやろうこれをやろうと提案して率先して楽しんでいた。だから慣れないことをして疲れたのだろうか？

と結城は思ったが。

「結城さん……今日は私、明るく振る舞えてましたか？」

小鳥は結城にそんなことを聞いてきた。

「どうしたんだ急に、そりゃまあいつもよりも全然積極的で楽しそうにしてたのは確かだけど」

「……そうですか。それなら、よかったです」

小さく呟《つぶや》くように言った小鳥の声は震えていた。

そこで結城はようやく気付く。

「小鳥……無理して明るく振る舞ってたんだな」

今日だけでなく、たぶんユイの引っ越しを告げられた日から。

「はい。でも今日はユイちゃんとお出かけする最後の思い出だって思ったら、凄《すご》く悲しくて」

「……そうだな。寂しくなるよな」

結城は小鳥の隣に座って、膝《ひざ》を抱えて俯《うつむ》くその頭を優しく撫でる。

「ありがとうございます……ぐすっ」

小鳥は結城の方に頭を預ける。

その目には涙が滲《にじ》んでいた。

正直なところ、結城にだってそういう感覚はある。この一か月と少し、ユイがいる生活が当たり前になっていた。きっと行ってしまった後は物悲しさを感じるだろうなと思っている。結城でさえそうなのだ。

小鳥は特にユイと仲良くしていた。それこそ結城が側で見ていて本当に母娘なんじゃないかと感じるほどに。

だから、ユイがいなくなるのはきっと凄く辛《つら》いことのはずである。

「でも」

と、小鳥は結城の肩にもたれかかり、涙を流しながら言う。

「ここで私が暗い顔してたらユイちゃんはきっと申し訳なく思っちゃいますから……だか

ら、私は最後まで笑顔でユイちゃんを送り出します」

「……うん」

「だけど今だけは、結城さんに甘えさせてもらってもいいですか？」

「ああ、もちろんだ。前にも言ったろ、俺はお前のワガママを聞いてやりたいんだよ」

結城はそう言うと、小鳥の体を抱き寄せる。

「ユイの前で泣けないなら、ここでたくさん泣いておけよ」

「……はい、ぐすっ、ありがとうございます」

結城はそのあとしばらくの間、自分の腕の中で泣く小鳥の背中を優しく撫で続けるのだった。

◇

それは、ユイが結城たちの住むアパートを去るまであと一週間を切った日のことだった。

その日は結城の仕事は昼からなので、朝は小鳥と一緒にいつも通り過ごしていた。

昼前になると、ユイも学校が休みだったので結城の家にやってくる。

「ユイちゃん、朝ごはんまだですか？」

「……うん」

「そうですか。お味噌汁《みそしる》と炊き込みご飯余ってますけど、食べますか」

ふんふんと激しく首を縦に振るユイ。

「ふふ、よそってきますね」

小鳥はその姿を見て微笑むと台所に向かう。

（……なんとか小鳥は、ユイの前で明るく振る舞えてるな）

遊園地に行った日から一週間近く経ったが、あれ以降は泣くようなことはなかった。

（……と言っても、小鳥は時々表情が曇ることが多くなってきた）

結城は小鳥を見ていてそのことに気付いていた。

あと一週間、果たして持つのだろうか？

そんなことを思っていた時だった。

結城がふと自分のスマートフォンを見ると、珍しくメッセージの着信通知が入っていた。

結城にこういうのが来るのは大谷や藤井《ふじい》辺りから時々といった感じなので、そもそもスマートフォンを見ることが少ない。

「ん、ミナさんから？」

いったいどんな用件だろうと思いメッセージを読むと。

『話があるわ。今日の夜、結城くんの家に顔を出すから、小鳥ちゃんと一緒に聞いてくれないかしら？』

◇

「久しぶりねえ、この家にお邪魔するのも」

勉強やバイトを終えて結城が帰ってきた夜。

ユイが自分の家に帰ってから少しした頃にミナは結城の家に姿を現した。斜め後ろには氷堂が姿勢よく立っている。

小鳥が制服のアイロンがけを中断して、二人を出迎える。

「いらっしゃい、ミナさん氷堂さん。どうぞ上がってください」

小鳥にそう言われて、ミナは「それじゃ遠慮なく」と靴を脱いで結城のいる居間のほうへ歩いてきた。

「結城くん。すまないわね、忙しいところ」

「それをミナさんに言われると恐縮しちゃいますよ」

結城は苦笑しながらそう言った。

「ユイはもう自分の家に戻ってるみたいね」

「はい。戻ったばかりですからまだ起きてると思いますけどね。それで、話ってのはなんですか？」

結城はミナが忙しいだろうと思い、さっそく用件を聞くことにした。

「そのことなんだけど……」

ミナが言いかけたときに、小鳥がお盆にお茶を載せて持ってきた。

「ああ、ちょうどよかった。小鳥ちゃんも一緒に聞いてくれるかしら」

「え？　はい、分かりました」

小鳥はミナの側に湯呑《ゆのみ》を置くと、結城の隣に座る。

「それで話っていうのはユイに関することなんだけど」

ユイに？

いったいなんの事だろうかと、結城も小鳥も疑問を浮かべる。

そして、ミナが言った言葉は思いもよらないものだった。

「貴方《あなた》たちにユイを任せたいと思ってるわ」

「はい？」

「え？」

二人ともミナの言わんとすることが理解できなかった。

ミナはそんな二人の反応を見て「ああ。詳しく説明するわね」と言って続ける。

「元々思ってはいたことなのよ。アタシは小さい頃はアメリカにいたから平気だけど、ユイにとっては海外移住となるとこれまでの国内での移住よりも大きく環境も変わって大変でしょう？　アタシの都合に付きあって無理にアメリカに行かなくても、ユイはこのまま日本に残ったほうがいいんじゃないかって」

「……なるほど。前もちょっとそんなことは言ってましたね。だけどユイを預けられる親《しん》戚《せき》とかもいないって」

　結城の言葉にミナは頷《うなず》く。

「そう、これまではそうだったのよ。だけど……今のユイには貴方たちがいるわ」

　ミナは結城と小鳥のほうを見てそう言った。

「実はこの二週間、氷堂に頼んで君たち二人のことを見ていてもらったのよ。貴方たちは凄くユイのことを考えて行動してくれているし、二人ともその年で大人も顔負けなくらいしっかりしてる。ユイの面倒を見つつも自分たちのことをおろそかにしていないというのも、素晴らしいわね」

　ああ、だから氷堂さんは誕生日会以来よく顔を出すようになっていたのか。

　と納得する結城。

「なにより、貴方たちといるときユイは嬉《うれ》しそうだわ……」

　そう言ってミナは笑う。

　その笑みには少し自嘲《じちょう》も混じっていた。まるで「アタシといるときとは違ってね」とでも言うように。

「もちろん、これまでと違って正式に預けることになるから、金銭的な面ではしっかりと援助させてもらうわ。結城くんも仕事の量を減らして勉強にもっと時間を割けるようになると思う。それだけじゃなくて、結城くんさえよければ大学の学費もアタシが出させてもらうわ。子供を一人預かってもらうんだもの、それくらいはしなくちゃね。もちろん、これまで通りお手伝いに来てくれてるアベさんにはユイについてもらって、形式上は彼女に保護者になってもらうけどね」

ミナは条件を提示した後に、結城と小鳥のほうを真っすぐ力強い目で見て言う。

「どうかしら？　貴方たちさえよければ、ぜひこれからもユイの面倒を見てやってほしいわ」

そう言って深々と頭を下げるミナ。

「……」

突然の提案にしばし黙り込む結城。しかし、結城の答えは決まっていた。

「……俺たちは、もちろんいいですけど」

結城はそう言いつつ、小鳥のほうを見ると小鳥も同じ考えのようで頷いていた。

むしろ自分も小鳥もユイとはできれば離れたくはなかったので、そうなってくれるのは嬉しい話である。特に小鳥は喜ぶだろう。

……だが。

「ユイちゃんはミナさんと一緒に行きたいと思うんじゃないでしょうか？」

そう言ったのは小鳥だった。

誰よりもユイの側にいた小鳥だからこそ、ユイがミナを思う気持ちを肌で分かってるからこその言葉だった。

だがミナは。

「それは無いと思うわよ？」

半ば確信したような口調でそう言った。

「まあ、ともかく貴方たちとしてはＯＫってことね。感謝するわ」

ミナは再び頭を下げると膝に手をついて勢いよく立ち上がる。

「なら、さっそくユイに話をしてみるわ。たぶんまだ起きてるんでしょう？」

ミナはそう言うと玄関のほうへ歩いていく。

「あ、俺たちも行きます」

結城と小鳥も立ち上がって、急いでそのあとについていった。

◇

「自分で鍵《かぎ》開けて入るのはいつぶりかしらねえ」

ミナはそんなことを言いながら、ユイの家……正確にはミナとユイの家の扉を開けた。

「あ、お邪魔しまーす」

結城もミナに続いて家の中に入っていく。

小鳥もさらにそのあとに続いて、氷堂はどうやら扉の前で待つようだった。

家の中には電気がついていた。どうやらユイはまだ寝ていないらしい。

「そう言えば、ユイの家入るの初めてだな」

「私は、一度だけ。コンビニのお弁当の容器がいくつか散らばってました。今は、結城さんの家で食べているからそういうことはないみたいですが……」

「……なるほどな」

結城はそこであることに気付く。

ミナが玄関を上がり慣れていないということである。

自宅の玄関ともなれば、自然と足元に目をやらずとも家に上がれるようになっていくものである。

しかし、ミナはまるで初めてくる場所かのように、下を向きながら靴を脱いでいた。

「ミナさん、引っ越してからこの家に帰ってきたのって何回くらいなんですか？」

「ほとんど会社とか出先のホテルで寝泊まりしてるから二回くらいかしらね」

そんなことを言うミナ。

その言葉を裏付けるかのように、洗濯機や台所の調理器具やベッドなど結城の部屋にあるものとは違う品質も値段も高そうな家具類が揃っているのだが、どれも新品同然だった。

唯一使い込まれているのは、テレビの前に置かれたソファーとローテーブル。

そのソファーの上で、ユイはシーツに包《くる》まってスマホゲームをしていた。

「……‼」

ユイはようやくミナの姿に気づいたのか、驚いてスマートフォンから顔を上げる。

その拍子に首まで包まっていたシーツがするりと床に滑り落ちた。

「ああ、ええと……」

ミナは先ほどまでの押しが強くて明朗なしゃべり方とは打って変わって、何と言い出せばいいか言葉に困っているという感じだった。

一方、ユイもしばらく固まっていたが。

「……（ペコリ）」

と、深々とお辞儀をする。

「あ、ああ、こちらこそどうも」

ミナもそれにつられるように、頭を下げた。

不思議な光景だなと、結城はそれを見て思う。

ここはミナの家で、ユイとは親子なのだから「ただいま」と「おかえり」でいいはずなのに、まるで他人が訪ねてきたかのような反応なのだ。

少しの間二人は固まっていたが、やがてミナのほうが「ふう」と一息ついて話を始める。

「これから寝るところだったろうけど悪いわねユイ。実はアタシから話したいことがあるのよ」

「……うん、どうしたの？」

「この話はもう、結城くんたちにはＯＫをもらってるんだけど……」

そう言ってミナは先ほど結城たちにした話をユイにも始めた。

アメリカには自分だけ行って、ユイは結城や小鳥のいる日本に残らないか？

そういう内容である。

ミナがユイに話している間に、結城は少しだけ部屋を見まわした。

入った時にも見えたが、ミナが買いそろえたのであろう質のよさそうな家具たちは、まるで展示品であるかのように使われた形跡がなかった。

それと対照的なのは、テレビの前のローテーブルとソファー。

ローテーブルには学校の教材や消しゴムのカス、そしておやつの食べかすや包装紙が乱雑に散らばっている。

ソファーにはしっかりと誰かが長時間座ったり寝たりした皺《しわ》が残っており、掛け布団が置かれている。

壁際のベッドのシーツが皺ひとつない状態であることと、ソファーとローテーブル周り以外は綺麗《きれい》なままのところを見ると、たぶんユイは自分の家では勉強するのも遊ぶのも寝るのも……ずっとソファーの上で過ごしているのだろう。

結城の実家でそんなことをしようものなら、母親に「だらしない」と一喝されるところだが、ユイにはそれを言う相手はいないのだ。

「……だからユイ、結城くんたちと日本に残ってみたらどうかしら？」

そんなことを考えている間にミナは、ユイに一通りの事情を説明しそう尋ねた。

「……」

ユイは少し黙って俯《うつむ》く。

ただ、結城としてはユイは首を縦に振らないだろうなというのを感じていた。

そう感じた理由は……テレビの前にあるゲーム機とその上に積まれた色々なゲームソフトである。

結城は積み上げられているゲームソフトのタイトルに見覚えがあった。

ミナの会社を調べたときに、ミナの会社がスマホゲーム事業に乗り出す前に作っていたものである。

どのパッケージも家具と違い何度も取り出した跡があり、普段からユイがそれらのゲームをプレイしているのが分かる。

（前にゲームするとき「初めて」って言ってたのは、対戦ゲームが初めてって意味だったのか……）

スマホゲームだけでなく、ミナの作ったゲームはきっと全部プレイしているのだろう。

ユイは思ったよりもミナのことが好きなのだ。

だが……。

「……うん。分かった」

とユイはそう答えた。

「え？」

結城の口から思わず言葉が漏れた。

「そう……うん、それがいいわ」

ミナは満足気に頷《うなず》く。そして結城たちのほうを見ると、笑顔で言う。

「じゃあ、お二人とも改めて娘を頼むわね。向こうに行く前にまた何かお礼をさせてもらうわ」

ミナはそう言うと、スッと立ち上がる。

「アタシはこれで仕事に戻るわ。詳しいことはまた、氷堂のほうから貴方《あなた》たちに伝えることになると思う」

と、結城は肩を叩《たた》かれて言われたのだが、何も答えることができなかった。

ミナはそのまま氷堂と家を出て行った。ガシャンとドアが閉まる。

「……」

「……」

家の中を静寂が包む。結城はユイの隣に歩み寄って言う。

「なあ、ユイ。本当にいいのか？」

そう言われて少し俯いていたユイは顔を上げると。

「……うん」

そう言った。

（ならそんなに辛《つら》そうな顔するなよ）

顔を上げたユイの表情は今までにないくらい泣きそうになっていた。唇を噛《か》みしめて、何とか堪《こら》えているという感じである。

「ちっ」

結城は家の外に駆け出した。

アパートの階段を一段飛ばしで駆け下りて、近くの駐車場まで走るとちょうど黒塗りの高級車が発進するところだった。

「ミナさん!!」

夜中に近所迷惑もいいところだが、大きな声を出してミナの名前を呼ぶ。

それが聞こえたのか、後部座席の窓が開いた。

「あら？　どうしたの結城くん。アタシ何か忘れ物でもしたかしら？」

そう言って自分のスーツの内ポケットに手を入れるミナ。

「はあ、はあ……いや、そうじゃなくてですね」

結城は急な全力疾走で息を切らしながら言う。

「ユイのことです」

「ああ、これからよろしく頼むわね。結城くんが進学するとなったら事情が変わってくるかもしれないけど、それまでは」

「そこでもなくてですね!!」

結城はミナの言葉を遮るようにして言う。

「ユイはミナさんと一緒に行きたいと思ってますよ」

これをユイ本人ではなく結城が言ってしまうのはルール違反なのかもしれないが、あの表情のユイを見ていられなかった。それにミナは勘違いをしていると思う。

「さっきも言ったけど、それは無いと思うわよ。普通に考えてろくに顔も合わせない相手を好きにはならないでしょ？」

これである。確かにほとんど会ってないのかもしれないが、少なくともユイにとってミナは他に替えの利かない母親なのだ。ユイがどれだけミナのことを思っているか、それを分かっていない。

「ユイはミナさんの仕事の邪魔になりたくないだけなんです。本当はミナさんのこと好きですよ」

「それはおかしな話じゃないかしら」

ミナは言う。

「もしアタシのことが好きなら、アタシとの時間を奪ってるアタシの仕事はユイにとっては敵でしょう？　なんでそれをわざわざ尊重しようとするのよ」

「それは……」

反論しようとしたが、言葉が止まった。

そういえばなぜだろう？

ユイが他人を気遣えるいい子だから、というのはある。間違いなく理由の一つだ。

だがそれは、そもそもあの年の子供がなぜそこまで「親の仕事事情を気遣えるのか？」という理由にはなってない気がした。

「なんにせよユイの選択よ。アタシは親としてその選択を尊重してやりたいわね」

「……」

そう言われると、他人に必要以上に干渉するのが苦手な結城としてはキツイところである。確かにミナと離れるというのはユイ自身が下した結論なのだ。

しかも、小鳥の時のようにそのまま放っておけば肉体的な虐待に晒《さら》され続けるというわけでもないというなら、ユイの決断を尊重するほうが正しいとすら言える。

結城は言葉を引っ込めようとしたが、その時、小鳥の言葉が浮かんでくる。

『私は、アナタのお節介に救われましたから。自信持ってください』

……そうだな、小鳥。

「それでも」

結城はミナを真っすぐに見据えて言う。

「アメリカに行く前に、もう一度……ユイとじっくり話してみてください」

「……」

ミナはしばらくこちらのほうをその力強い目でじっと見ていたが……。

「はあ、分かったわよ。貴方がそこまで言うなら、時間がとれそうならまたユイと話してみるわ」

「ありがとうございます」

「……ただ、変わらないと思うけどね」

ミナはそう言うと、車の窓を閉めて駐車場から走り去っていった。

◇

一方その頃。

「ユイちゃん……」

ユイの家では、小鳥が俯いて座り込んでいるユイの正面に座る。

そして何を言うでもなくユイの手を自分の両手で包み込んだ。

しばらくの間、静寂が二人の間を流れる。

「……」

「……」

小鳥はこういう時に、パッと強く人の心を動かせる言葉が出てこない。

押しが弱いというか、受け身というか。

だからこんな事くらいしかできない。そんな自分が情けないといつも思う。

「……いいの。これでいい」

静寂を破ったのはユイのほうだった。

「これで……お母さんの邪魔にならないで済むから。きっとお母さんもわたしがいないほうがお仕事に集中できるって思ってるんだと思う……」

「そ、そんなことは」

ない、と言おうとしたが今のユイに言ってもそれは意味の無いことだと気づく。

現実に母親から「お前だけ日本に残らないか？」と言われてしまったばかりなのだから。

小さな子供にとっては親という存在がそう言ったのならそれが全てなのだ。

「……それに、結城もお仕事減らせるし、小鳥とも一緒にいられるよ？」

ユイは小鳥のほうを見てそう言った。その目を見て小鳥は息がつまる。

何度も見たことがある目だった。

それは、結城に助けられる前に鏡の前で何度も見たモノだ。

他人のために自分の気持ちを深く深く押し殺している人間の目だった。

「……私たちのことは、気にしなくてもいいんですよ？」

小鳥は極力優しい声でそう言った。

しかし。

「小鳥は……」

ユイは小鳥の目を真っすぐに見て。

「わたしが残ったら……いやなの？」

そんなことを言ってくる。

「そ、そんなことは、もちろんないです。むしろ、凄《すご》く嬉しいです。でも……」

それを言われたら小鳥はそう答えるしかない。実際にできれば引っ越さないでほしかったのは事実なのだから。

「……ユイちゃん。もう一度だけ聞かせてください。本当に、本当にいいんですか？」

「うん」

今度はユイは即答する。

「……皆にとって、それが一番いい」

そう言ったユイの口調は、いつもの頑固になった時のものだった。

第七話　母と娘

結城《ゆうき》がミナの車を見送ってアパートに戻ってくると、ちょうど小鳥《ことり》がユイの部屋から出てきたところだった。

「結城さん……」

「ユイは、どうだった？」

小鳥は首を横に振る。

「意志は固いみたいです」

「そうか……あの子は決めたら頑固だからな」

ユイのいいところでもあり、心配なところでもある。

「ミナさんのほうは、もう一度ユイとじっくり話してくれるように頼んだよ」

「そうですか、結城さんは凄いですね。私は……ユイちゃんに何も言えなくて」

表情を曇らせて落ち込む小鳥。

「俺だって大したことできなかったさ。ミナさんに色々言われて言い返せなかったしな」

　ふう、と結城は一つため息をついて言う。

「……くそっ、子供だなあ俺は。前に清水《しみず》が小鳥を連れて帰ろうとした時もそうだったけどさ、いざって時に大人に強く主張されるとどうしても遠慮しちまうよ」

　ミナには大人顔負けにしっかりしているなどと評してもらったが、やっぱりどうしてもああいう場面で「自分はまだ子供なのだから」と思ってしまうのだ。

「早くなりたいなあ……大人に」

　自分が正しいと思ったことを譲らないように済むような、そんな強い大人に。

「そうですね……私も、そうなりたいです」

　小鳥がそう言って手を握ってくる。結城もその手を握り返した。

　二人で夜空を見上げた。こんな気分なのに満月が皎々《こうこう》と夜を照らしている。

　欠けている部分の全くないその見事な満月に、お前はまだまだ未熟なんだぞと言われている気がした結城だった。

「それでも……未熟でも未熟なりに、通したいものはある」

　結城はそう言った。

「たぶん、このままもう一度ミナさんとユイが話しても結論は変わらないと思う」

　ミナは娘は自分の側にいるよりも結城たちの下にいたほうがいいと言うだろう。

　ユイはミナの迷惑にならないように日本に残る選択をするだろう。

「俺はそれがユイの意志ならその通りにするべきだと思う。そこについては、ミナさんと同じ考えなんだ」

ユイの人生はユイのものだ。

たとえ子供でも、自分で決めた選択に他人がとやかく言うのは違うと思う。

「だけど」

結城は空いている方の手をギュッと握りしめながら言う。

「あの親子は互いの気持ちを誤解し過ぎてる。互いの気持ちをちゃんと理解した上で結論を出して欲しいと……そう思う」

「……そうですね」

「なあ小鳥」

結城は小鳥のほうを見る。

そしてその目を真っすぐ見て言う。

「俺は、ミナさんとユイの誤解を解いてやりたい。ちょっと強引でお節介なやり方になると思うけど……協力してくれるか？」

「はい」

即答だった。

「いいのか？　自分で言っといてなんだけど、もしかしたら誤解が解けたらユイはアメリカに行くことになるかもしれないぞ？」

小鳥はユイと離れると思ってからのこの数週間、いつも寂しさを必死で堪《こら》えていた。

本当ならユイに残ってもらいたいはずだろう。

だが小鳥は。

「私は私に似てるあの子に幸せになって欲しいですから」

そう言った。

そして強く決意するように、結城と繋《つな》いでいる手をギュッと握る。

「だって、寂しいじゃないですか。本当はお互いのことを思いあってるのに離れ離れになってしまうのは。もしあの時、結城さんが私の家に来てお父さんから助けてくれなかったらそうなっていましたし、もしそうなっていたらと思うと……本当に辛《つら》いです」

「……ああ、そうだな」

確かに、ミナ親子と一学期の時の結城と小鳥は似ているかもしれない。

お互いがお互いのことを気遣い、気遣いすぎるあまり離れ離れになってしまう。

こういう時には、やはり必要なのだろう。

「よし、やろう。人様の親子関係に首を突っ込んで『余計なお世話』ってやつを」

結城は小鳥の手を強く握り返しながらそう言ったのだった。

◇

二日後。

結城は午前中の仕事を終えると作業着のまま、自宅から三つほど駅を行ったところにあるビルの前にやってきた。

このビルの二階から五階がミナのゲーム制作会社のオフィスである。

結城はビルの前に着くと携帯で『着きました』とメッセージを送る。

少し待っていると、エレベーターから二人の見目麗しい女性が降りてくる。

一人は眼鏡をかけた背の低い表情の硬い女性、氷堂《ひょうどう》である。

そして、当然もう一人は。

「全く、彼女いるのにアタシをデートに誘うなんて、貴方《あなた》もけっこうやることやる男ね」

ミナである。いつも通りの赤いドレススーツに身を包んで、ピンと伸びた背筋でこちらに歩いてくる。

実は昨日、結城はミナに「アメリカに行く前に何かお礼をって話でしたが、それなら明日の昼頃、一緒にバッティングセンターに行ってくれませんか？　仕事と仕事の間の時間が少し空いてるんで」というメッセージを送っていたのである。

「まあ、これからユイの面倒を見てもらうお礼なんだからそれくらいの時間作るけどね」

ミナはそんなことを言いつつ、いつものハイヒールを運動靴に履き替えてストレッチをし、やる気十分という感じだった。

◇

「ふん!!」

パキーーン!!　と金属バットが軟式ボールを力強く弾《はじ》く音がする。

バッターボックスに入ったミナが、振り終わった後に片手がバットから離れるほど大きく豪快なスイングでボールを弾き飛ばしていく。

「すげ、Ａ・ロッドみたいだ」

ネットの後ろから見ている結城はそんなことを呟《つぶや》く。

結城たちが氷堂の車でやってきたのは、町から少し外れたところにあるバッティングセンターで、地価が安い分広く敷地が取れて防球ネットまでの距離が結構あるのだが、ミナは楽々とネットの一番上の端まで打球を飛ばしていた。

「ふう、久しぶりにやると気分いいわね」

ミナは満足そうにバットを肩に担いでバッターボックスから出てくる。

「凄いスイングですね。昔ずいぶん振り込んだんじゃないですか？」

前に話したときは野球は観戦派で、やる方はバッティングセンターに仕事の息抜きに通っていた程度だと言っていたはずだが……。

「ああ、この会社始めた頃は行き詰まることが多かったのよ。それで、そのたびにここに来てたらいつの間にかこれくらいはやれるようになったわ」

「どんだけ行き詰まってたんですか……」

経験者の結城から見ても、ミナのスイングは「ちょっと遊びでやってました」というレベルではなかった。

何万、何十万と振り込まなければ身に付かないはずのものである。

行き詰まるたびに来ていたということは、それほど振り込むほどに四苦八苦しながら会社を経営してきたということだろう。それを純粋に凄いなと思う。

そしてだからこそ、その分切り捨ててきたモノもあったはずだ。

「ミナさん……一つ聞いてもいいですか？」

「なに？　スリーサイズなら先月測ったときは上から96、55……」

「いやいや、そっちではなくてですね」

結城は気を取り直して真剣なトーンで言う。

「……やっぱり、子供は重荷ですか？」

「ん？　子供ってユイのことかしら」

「はい。ユイはやっぱり仕事の邪魔ですか？」

結城がそう言うと、ミナは楽し気な表情を一変させ、不機嫌そうに眉《まゆ》をひそめる。

「はあ、そのことを話すためにここに誘ったわけね……帰るわ」

ミナはそう言うと、バットを置いてその場から立ち去ろうとする。

「あ、待ってください!!　もう少し話を聞いて」

「アタシの意見は変わらない、約束通りもう一度あの子と話すけどその時もあの子の選択を優先するわ」

「じゃあ、その前にさっきの質問に答えてください。ユイは仕事の邪魔で重荷ですか？」

なおも結城が食い下がるとミナはため息をついて言う。

「はあ……貴方も強情ねえ」

するとミナはバッティングセンターのストラックアウトのコーナーを見た。

ミナは財布から千円札を出して結城に渡しながら言う。

「そう言えば貴方ピッチャーだったんでしょ？　じゃあ、これ使い切るまでにパーフェクト取れたらなんでも答えてあげるわ」

意地悪そうにそう言った。

ストラックアウトは十二球ボールを投げて九枚の的を打ちぬくゲームである。

この単純なゲームが意外にも狙って九枚全てを打ちぬくとなるとその難易度は非常に高く、パーフェクトというのはプロ野球選手でも滅多《めった》に出せるものではない。千円で挑戦できるのはたった六回。その間にパーフェクトを達成すると自信を持って首を縦に振ることのできる人間はほとんどいないだろう。

だが、結城は。

「パーフェクトでいいんですね？」

そう言ってストラックアウトのコーナーに入っていった。

◇

結城の父親はキャッチボールや投球練習で結城の球を受ける際、あることを徹底していた。それは、構えたところから外れたボールは取らずに自分で拾いに行かせるという事だった。

結城としては少しでもコントロールがズレれば結構な距離を走って取りに行かなくてはならなかったため、最初のうちは滅茶苦茶《めちゃくちゃ》めんどくさいと思っていたし、「自分は狙ったところにボールを投げ返せてない癖に何言ってんだこのクソ親父《おやじ》」と思っていた。

だがまあ物心ついた時からそんな調子でキャッチボールをしていたため、「狙ったとこ

ろに正確に投げる」という癖が結城の体には染みついている。

結城はストラックアウトのコーナーに入ると、まず最初のワンゲームで肩慣らしと今日の自分の体の感覚を把握する。

（少し、指にかかりすぎる日だな）

そして、二ゲーム目で当たり前のように九枚の的を全て打ち抜いてしまった。

「……ふう、やっぱりスタミナは結構落ちてるなあ」

もう息が乱れている。力仕事をしているから筋力自体はさほど落ちていないが、心肺機能の方はどうしても落ちるなと感じる。

「……」

少々唖然《あぜん》とした様子でポカンと口を開けるミナ。

「結城くん、貴方だいぶ凄《すご》いのね……」

「コントロール重視で球速出してませんからね」

「いや、それにしたってって話よ」

結城はストラックアウトのコーナーから出ると言う。

「じゃあミナさん、約束通り答えてください。ユイは貴方の仕事の邪魔ですか？」

結城の有無を言わせぬ言い方にミナは観念したように言う。

「邪魔かと言われると……別に、あの子は手がかからないし」

「ならなんで、ユイを遠ざけようとするんですか？」

「それは違うわよ。前にも言ったように今回日本に残るように言ったのは、あの子のためを思ってのことよ」

「いや、それ以前の話ですよ」

そう、結城が言っているのは普段からの事だった。

「確かにミナさんは忙しいですが、本当にユイと過ごす時間が全く取れないってわけじゃないはずでしょう？　だって、俺たちを連れて行ってくれたレストランに時々行くくらいの時間や、こうして俺とバッティングセンター行くくらいの時間はあるじゃないですか」

「……」

ミナはそう言われて押し黙る。

疑問に思ったきっかけは、ミナが前にレストランで食事を一緒にしたときに「食べたいと思った時にここで食事ができるのは」と言ったことだった。

つまり忙しいとはいえ、時々は数時間車を飛ばして好きなものを食べる程度の時間はあるのだ。食事の時間を長くとっている程度で、まともな休みとは言えないくらいの自由時間だろうが、それでもついでにユイを誘って一緒に食事をすることもできるはずである。

だが結城がこれまで見てきた限り、ユイは一度も「ミナのほうから誘われて」会ったことがなかった。結城が見たのはたった二回。一回はユイのほうから誘った誕生日会、もう一回はユイに日本に残らないかと提案しに来た時だけである。

結城にはそれが、ミナが意図的にユイを避けているように見えたのである。

「もしかしてミナさん……ユイのことが嫌いなんですか？　正直に言ってもらっていいですよ。そうだったとしてもユイには言いませんし、俺たちでユイは預かります。俺たちはユイのこと好きですから。自分のことが好きじゃない人と一緒にいるより、好きな人と一緒にいたほうがいいに決まってますからね」

「……嫌いじゃないわよ。そこに嘘偽りはないわ」

「じゃあ、なんで意図的に避けるんです？」

「それは……」

ミナは少し言いよどんだが、やがて近くにあるベンチに腰掛けると一つため息をつく。

「はあ、参ったわね。正直かっこ悪いからあんまり言いたくないんだけど」

ミナは遠くを見つめるように言った。

「あの子にどう接していいか分からないのよ……そう、いつの間にかどう接したらいいか分からなくなってたわ」

そう言ってミナは昔の話を始めた。

◇

父親は無関心。

母親は過剰干渉。

ミナの育った家庭は端的に言って腐っていた。

父親はほとんど家に帰ってこない。ニューヨークから日本に引っ越してからは特に酷《ひど》かった。長身でそれなりに顔立ちの整った外国人ということでよほどモテたのか、外に何人も女を作って家には数か月に一度帰ればいい方だった。

母親は当てつけのようにミナを自分の思い通りにしようとした。着るものから遊びから何かの習い事まで、一日のスケジュールを全て母親が決めた通りにしなければ癇癪《かんしゃく》を起こした。

なんとか我慢をしていたミナだったが、母親がとうとうミナの部屋に監視カメラをつけて、しかもそれを知った父親が母親に何も言わなかったときに、さすがに我慢の限界を超えてキレた。監視カメラを床に叩《たた》きつけて壊したミナに母親は。

「ミナちゃんは、なんでわたしの思い通りになってくれないのよぉ」

などと大粒の涙を流しながら言ったのである。

「……地獄に落ちろクソババア」

ミナが心の中で完全に親との縁を切った瞬間だった。

こんなクソ親と一秒も一緒にいたくないし、こいつらの金で生きているなんて虫唾《むしず》が走る。

ミナは高校を出るのと同時に受かっていた大学の進学を蹴《け》って、親に行き先を告げずに遠く離れた町で一人での生活を始めた。

夜の仕事で日銭と資金を稼ぎながら、母親に隠れてこっそりとやるのが好きだったゲームの会社を作って必死に働いた。

誰にも頼らなくていいように、誰にも干渉されないように、一人で生きていけるように。

だから会社でも徹底的にワンマン社長として振る舞った。実際に自分の判断と指示で、少しずつだが業績は伸びていった。

……誰も信じない、自分の力だけで生きていくのだ。

そんな時だった、後に夫となる男と出会ったのは。

その日はとある上場企業の役員が部下を引き連れて、ミナの働く高級クラブに来ていた。

出勤していたホステス総出での接待となり、ミナも帰ろうとしていたところを引き止められてテーブルに着くことになった。

(……ちっ、早く帰ってソフトの企画を考えたいのに)

その日のミナは、虫の居所が悪かった。

ここ最近会社の業績の伸びが停滞気味だったのである。

ホステスの仕事は実入りは悪くないが時間が取られるし、客のご機嫌伺いをしなくてはならない。それが心底不愉快だった。

（……さっさと会社のほうの業績を伸ばしてこんな仕事辞めてやるわ）

ミナが付いた相手は、名前を堀井《ほりい》卓也《たくや》といった。

丸い縁の眼鏡をかけた細身の二十代前半くらいの男だった。容姿はミナと違い至って平凡だが、穏やかそうな笑顔が印象的だった。

しかしこの堀井という男、せっかくミナが貴重な時間を削って接客をしているというのに、どんなに話を振っても少し困ったように「ははは」と笑うだけで、全く話が盛り上がらなかった。

ミナはその恵まれた容姿からこの店のナンバーワンであり、そのことに少なからず誇りを持っていた。

そして、イライラも相まってついこんなことを言ってしまう。

「ちょっとアンタ!!　アタシが接客してるのになにつまんなそうな顔してるのよ」

従業員としてはだいぶ問題発言だが、ミナとしてはこれでクビになるならいっそゲーム制作に集中できて大いに結構という気分だった。

しかし。

「ああ、これは失礼しました。実は上司に無理やり連れてこられたもので、緊張してしまって」

そう言って、素直に頭を下げる堀井。

「……ああ、なるほど。こういう店慣れてなかったのね」

「はい。それに今まで会ったことがないくらいキレイな人がきましたから、余計に何話したらいいか分からなくなってしまいまして」

「そ、そう」

完全に不意打ちでストレートに褒められて、少し面食らうミナ。

「それに、僕は専務たちと違ってあんまり話すの得意じゃなくて……あの、よければ何かミナさんの話をしてもらってもいいですか？」

「アタシの話？」

「はい、ご趣味とかあればその話でいいので」

「趣味は……まあ、ゲームかしらね」

「あ、そうですか。僕も結構ゲームにはうるさいですよ」

「あら、面白いこと言うわね。このアタシの前でよく言ったわ。とりあえず好きなハードの話からしようかしら？」

　その夜は、それから店が閉まるまでずっと堀井とゲーム談議に花を咲かせた。

　ホステスの接客の基本は客にたくさん自分の話をさせることだが、その日はミナのほうが遥《はる》かにたくさん話してしまった。

　そしてその二日後、いつも昼食をとっていた喫茶店で再会することになり、そこでもまた二人は長い時間話し込んだ。今度はゲームの話だけでなく、お互いのプライベートの話もした。

　いつの間にか、ミナは堀井と会ってご飯を食べながら話をするのが日常になっていった。

　ある日、ミナが会社の仕事が増えてきて手が回らなくなって来ていると愚痴ったとき、堀井が言った。

「ミナさんは一人でなんでもできるからって、なんでも一人でやろうとしすぎですよ。もっと社員の人に任せてみたらどうですか？」

　人に指図されるのが、便所に突如出現するゴキブリよりも嫌いだった当時のミナは、なんだとこの野郎と半分キレかかったが。

「ミナさんもミナさんの会社の社員も仕事が楽しくなさそうに見えますよ。ゲームは楽しいものを作るんですから、作る人も適度に肩の力を抜いて自由に楽しく仕事をしたほうがいいものができると思うんです」

　と言われて、なるほど一理あるなと思った。

堀井という男は、穏やかで控え目ながら言うことは時々鋭いし、ミナがその意見に苛立《いらだ》っても動じて言ったことを撤回したりすることはなかった。

そういうわけで、いくつかの事業を社員に任せ、社員からの意見も積極的に聞くようにした。すると、会社の雰囲気はみるみる良くなっていき、停滞していた業績も少しずつ伸び始めた。そのことを堀井に話すと。

「そうですか、それは嬉《うれ》しいですね」

と自分のことのように嬉しそうに笑った。ソレを見てミナは思った。

……ああ、他人がいるのも悪くないわね。

生まれて初めての感情だった。だから、ミナは休日に堀井を市役所の前に呼び出し、婚姻届を突き出して自分の家族になってくれと言った。

堀井は当然のことながら最初は目を丸くして驚いていたが、やがて呆《あき》れたように。

「ミナさんらしいなあ」

と言って、婚姻届に自分の名前を書いたのだった。

結婚を機にホステスの仕事をやめ、その翌年にミナは妊娠。

仕事をできる限りやりながら、無事にユイを出産する。

だが、ユイは健康に生まれてくれたのは良かったのだが、ミナの乳を吸おうとしなかった。どうやら、赤ちゃんによっては母親からの授乳を拒否することもあるのだという。

医者からは、だからといって娘さんが母親を嫌っているわけではないですからねと言われたが、父親のときは平気なくせにミナが抱こうとするとユイはすぐに泣き出すのだ。

「ミナさんの眼光は迫力あるからなあ」

卓也は笑ってそう言った。

自分は子育てに向いてないなと痛感した。

まあ仕方ない。仕事と同じだ、子育てが苦手なら得意分野を頑張ればいい。

ミナは会社の仕事に集中するために卓也に専業主夫になってもらい、これまで以上に仕事に集中した。

そして、ある新人社員の発案で始めたスマホゲームの事業がヒットし、ミナの会社は急成長することになる。

娘とのコミュニケーションが少々ぎこちない以外は、まさに順風満帆と言っても良かった。卓也と出会ってから全てが上手《うま》く回りだしたのだ。

しかし。

その卓也が難病にかかる。判明したときにはかなり進行しており、医者からは長くて数年と余命を宣告された。急に足元がガラガラと崩れていく感じがした。

ミナは残された時間を、卓也とどう過ごそうかと考えていたが。

「会社は今大事な時期だよミナ。僕のことはいいから治療費を稼いできてくれると嬉しいね」

「……分かったわタク。海外の最新の手術でも何でも受けられるくらい稼いできてやるわよ」

余命をすでに宣告されているのに最新の手術もクソもなかったのだが、ミナはそんな理由を自分に言い聞かせて仕事に没頭した。

今思うと自分を支えてくれた夫がもうじきいなくなってしまう現実から目を背けたかったのかもしれない。そして、それから数年後卓也はこの世を去る。

最期の瞬間にミナは仕事で立ち会うことができなかった。

葬儀のときにユイは涙を流さずにじっとミナの方を見ていた。

その目線が、自分のことを責めているような気がして。

そこでふと、自分が今娘から見てどんな人間なのかを振り返った。

ろくに家に帰ってこずに、父親の死に目にも仕事で帰ってこられない母親。

（……ああ、アタシは）

自分はいつの間にか、あれだけ嫌っていた家に無関心だった父親と同じ人間になっていた。

今更すぎるかもしれないが、なにか娘にできることはないだろうかと思った。

ある日、娘が遊園地のパンフレットを見ていた。

なんとか一日時間を作って一緒に行くくらいならできる。

ミナは聞いてみた。

「それ、今度連れて行こうか？」

すると、娘は少し間を置いたあと。

「……いい」

そう言って首を横に振った。

「そう……」

「……うん。お仕事頑張って」

ああ、そうよね。

今更どの面下げてよね。

幸い、娘は一人でもしっかり者だった。

うん。

そうだ、子供なんて勝手に育つ。自分もそうだった。

ワザワザこんな母親と一緒にいる必要はない。この子にはこの子の人生があるのだから。

そうして、ミナはまた仕事に没頭するのだった。

仕事はますます上手くいき、国内でも有数のゲームメーカーに数えられるまでにミナの会社は大きくなったのだった。

◇

「……とまあ、そんなわけで要はヘタれてるんでしょうね。あの子に好かれてる自信が無くて」

ミナはそう言って話を終える。

自嘲《じちょう》気味の笑みがその美麗な顔立ちに浮かんでいた。

「……」

結城はミナの話を聞いて思わず黙ってしまう。

さすがは有名企業を一から作った人間というか、なかなかに半端でない人生を送ってきたんだなと思った。

そして同時に、少し自分と似ている部分もあったように思う。特に両親については、結城もミナと同じで過剰な干渉を受けて育ってきた人間である。まあさすがに、ミナの家よりはマシだったが……。

「そうですね……それだとちょっと、親を好きな気持ちって分からないですよね」

「そうね。そこについてはホントにイメージできないわ」

結城ですら親が鬱陶《うっとう》しいという思いは強かったのだ。ミナは親が心底嫌いだったことだろう。

だから、自分がユイに好かれているというイメージがどうしてもできないのだと思う。

「だからこそ、結城くんや小鳥ちゃんと一緒にいて幸せそうなユイを見て思ったのよ。

『ああ、ユイはこの二人のことが好きなのね』って」

　ミナは結城の方を真っすぐに見て言う。

「少なくともアタシなんかよりはずっと好かれてる。だから、さっき貴方《あなた》の言ったとおりよ。好きな人と一緒にいたほうが幸せに決まってるわ、確かにアタシがユイから逃げてるのは間違いないけど、ユイの幸せを願ってるのもまた本心よ」

「……そうですか」

　結城はそれを聞いて一度深く頷《うなず》いた。

「つまり、ミナさんは別にユイが邪魔ってわけじゃないんですね」

「仕事に全く影響ないとは言わないし、さすがに普通の親子ほど一緒の時間を作れるわけじゃないけど、時々一緒にご飯に行ったり遊んだりするくらいはできるわ。まあ、元々手のかからないいい子だしね」

「ただ、ユイに自分が好かれてる自信が無いと？」

「少なくとも、結城くんたちに比べたらね。何よりアタシが子供だったらアタシみたいな親は嫌いよ」

「なら、もしもですが」

　結城は言う。

「ユイがミナさんのことがちゃんと好きで、一緒にいたいと思ってるなら、アメリカに連れて行くのは嫌じゃない……ってことでしょうか？」

「それはもちろんそうよ。さっきも言ったけど、アタシはあの子が嫌いなわけじゃないもの。どの口が言うかって話だけど大事な一人娘だと思ってるわ」

確信の籠《こ》もった口調でミナはそう言った。

「……そうですか」

結城はその言葉を聞いて再び深く頷いた。

そして。

「うん、それなら問題なさそうですね」

嬉しそうにそう言った。

「え？」

どういうことか分からずに、ぽかんとした顔をするミナ。

「だから、要はユイがミナさんのことが好きで、ホントは一緒に行きたいと思ってるのが分かればいいわけでしょう？」

結城はそう言うと、携帯を取り出してアプリを操作する。

画面に映し出されたのは録画した動画だった。

その動画には結城の部屋で小鳥とユイが話している姿が映っていた。

◇

──先日の夕方。

「……これで、いいんですよね」

小鳥は一人、結城の参考書の隙間に自分のスマートフォンを録画モードにして挟み込んでいた。まだ持ったばかりであまり使い慣れていないが、今回は失敗するわけにはいかないので、結城に使い方を何度も念入りに確認してもらっている。

「ユイちゃんには後でちゃんと話して謝らないとですね」

要は隠し撮りである。しばらくするとチャイムが鳴った。

「……ふう、よし」

小鳥は一つ深呼吸して、画面をタップして録画を開始する。

そしていつもどおり玄関まで行って鍵《かぎ》を開ける。

「……お邪魔します、小鳥」

「はい。いらっしゃいユイちゃん」

いつものように学校から帰ってきたユイが家の中に入ってくる。

ユイは入って早々鼻をヒクつかせて言う。

「いい匂い……」

「はい、今日は野菜とお肉たっぷりのお鍋《なべ》ですよ」

ワーイというジェスチャーで両手を上げるユイ。小鳥はお皿に鍋の具材をたっぷりとよそうと、炊きたてのご飯と麦茶を一緒にお盆に載せてユイの待つテーブルに持っていった。

「……いただきます」

ユイは行儀よく手を合わせてご飯を食べ始める。

小鳥も自分の分をよそって一緒に食べる。

この二か月近く、ずっと繰り返してきた二人の食事風景である。

だが小鳥には、今日はやらなくてはならないことがあった。

「ねえ、ユイちゃん」

「……ん？」

ユイは豚のバラ肉をモシャモシャと食べながら小鳥の方を見る。

「早ければ来週みたいですね、お母さんのお引っ越し」

小鳥はあえてその話題を口にした。

「……うん」

ユイが少し俯《うつむ》いたのを見ると、少し心が痛む。

だけど、だからこそ今は心を鬼にして聞かなくてはならない事がある。

「ご飯食べ終わったら、少しお話ししたいんですけど大丈夫ですか？」

ユイは黙ってコクリと頷いた。

◇

「ごちそうさま……今日もおいしかった」

ユイは夕ご飯を食べ終わり小鳥の方にペコリと頭を下げた。

「はい、ありがとうございます」

小鳥も自分の分を食べ終わってそう言った。

それにしても、結城といいユイといい毎回美味《おい》しい美味しいと言って食べてくれるので、凄《すご》く作りがいがある。ああ、自分は幸せ者だなとそんなことを思うのだ。

そして自分は今から、その幸せの一部を自分でなくしてしまうかもしれないことをする。

「……それで小鳥、話って？」

「はい」

小鳥は一度立ち上がると、ユイの隣に座り直す。

「ユイちゃん。もう一度、もう一度だけアナタの想いを聞かせてください」

そしてユイを真正面から見つめる。

「お母さんのこと……本当はどうしたいですか？」

「……」

ユイの碧《あお》い瞳《ひとみ》の奥が少し揺らいだ気がした。

「……それは前に言った」

「はい、聞きました」

「わたしはここに残る……お母さんにはついていかない」

「それが、ユイちゃんの本心ですか？」

ユイは頷いた。

「……だって、そうすればみんなもうれしい」

「そうですね……お母さんはお仕事に集中できるかもしれませんし、結城さんは仕事の量を減らせてもっと勉強に集中できると思います。それに」

小鳥は自分の胸に手を当てて言う。

「私がこれからもユイちゃんと一緒にいられますから」

その事実は小鳥にとってはとても嬉《うれ》しいもので、思わず頬が緩む。

「だけど」

小鳥はその嬉しさを振り切って言う。

「それは、ユイちゃんの望みじゃなくて、周りの人の望みだと思うんです」

小鳥はユイの小さな手に自分の手を重ねて優しく握る。

「私たちのことは抜きにして、ユイちゃん自身の望みを聞かせてください。本当に自分のことだけを考えて話してください」

そして、かつて結城に言われたその言葉を今度は自分に似た少女に言うのだ。

「私はユイちゃんのワガママが聞きたいんです」

「……」

ユイはしばらくの間、小鳥に手を握られたまま黙っていた。

小鳥は黙ってユイの目を真っすぐに、じっとそらさず見つめ続けた。

大丈夫、大丈夫だから、自分の気持ちを正直に話していいんだと言外に言い聞かせるように。そして一分以上そのまま沈黙が続き、やがて。

「……ほんとうは」

ユイの小さな声が響いた。

「……お母さんといっしょがいい。小鳥も大好きだけど、やっぱりお母さんとはなれるのはいやだ」

絞り出すように、ユイはそう言ったのだった。

「ありがとうございます。正直に話してくれて」

小鳥はそう言って微笑んで、ユイの頭を撫《な》でた。

実際にユイの口から母親と一緒に行きたいと言われると、自分で聞きだしておきながら少し寂しい気持ちにはなる。だが同時に、ユイの気持ちも凄くわかる。やっぱり子供にとって母親というのは特別な存在だ。

「そうですよね。私も、もしお母さんと過ごせるならそうしたいです」

小鳥は小さい頃に感じた今は亡き母親の手のぬくもりを思い出しながらそう言った。

「……でも」

と、ユイは前置きして言う。

「わたしはここに残る……お母さんがそうして欲しいなら、わたしはワガママを言わない」

「ユイちゃん……」

ユイの言葉は強い決意を感じさせるものだった。

まさしく結城がミナに聞かれて答えられなかったように、この年の子供が「いい子だから」というだけの理由でここまで自分の気持ちを抑えられるものではない。

「なんで、なんでそこまで」

小鳥の問いにユイは答える。

「……お父さんもそうだったから」

ユイが話したのはちょうどミナの会社の業績が伸び始め、父親の卓也が病に倒れていた時のことだった。

◇

当時のことをユイは今でも鮮明に覚えている。

白い壁と白いベッド、そしてそのベッドの上で横になる痩《や》せこけた父親。

そんな父親に、仕事を抜けてやってきたスーツ姿の母親が心配そうに話しかけていた。

ユイは今よりも低い目線で、両親のことを見上げていた。

当時はまだミナは必ず毎日病院に見舞いに来ていた。

しかしある日、そんなミナにユイの父親、卓也は言うのだった。

「会社は今大事な時期だよミナ。僕のことはいいから治療費を稼いできてくれると嬉しいね」

当時はユイにはよくわからなかったが、実際にミナの会社は業績が大きく伸び始めた大事な時期だった。ミナはその言葉を聞いて悲しそうな顔をした。

が、すぐにいつもの気丈な表情に戻って。

「……分かったわタク。海外の最新の手術でも何でも受けられるくらい稼いできてやるわよ」

そう宣言した。

「うん。それでこそミナさんだ」

父親はいつもの穏やかな笑みでそう言った。

「ユイはもう少しいていいわよ。後で氷堂に送らせるわ」

「……うん」

ユイが頷《うなず》いたのを見て、ミナはそのまま踵《きびす》を返して病室を出て行った。

「……」

ミナがいなくなった後の病室に静寂が訪れる。

「ふう」

父親は大きく息を吐くと、体をベッドに預ける。

そして。

「くっ……あぁ」

父親は泣いていた。ユイにとってはいつも穏やかで落ち着いた大人だった父親が、必死で声を抑えて泣いている。

「……お父さん？」

「ああ、ごめんユイ。急に驚かせてしまって」

そう言いながらも、大粒の涙がとめどなくシーツの上に落ちていく。

「……本当は言ってしまいたい。会社のことなんて放り出して最期のときまでずっと一緒にいて欲しいって」

「だけどね」と父親は言って、眼鏡を外すと涙を拭《ぬぐ》う。

「そんなかっこ悪い真似はできないさ。ミナがここまで来るのにどれだけ努力したかをずっと隣で見てきた。ようやく巡ってきたチャンスが今なんだから」

父親はユイの頭を撫でながら言う。

「このことは、お母さんには内緒で頼むよ……ユイ」

「……うん」

目元の赤く腫《は》れた父親の笑顔を見ると、ユイはそう頷くことしかできなかった。

父親が入院してからというもの家にはたまにお手伝いさんが来るくらいで、ユイは家に一人でいる時間が多くなっていた。

そして、ある日。

ユイは熱を出して寝込んだ。お手伝いさんが一通りの看病をしてくれたが、どうしても心細くなってユイはミナの会社に電話をしてしまう。

受付の人がミナに代わると「待ってなさい」と一言言って、ミナは電話を切った。

そして、しばらくすると。

「調子はどう、ユイ？」

母親はユイの下にやってきたのだった。

嬉しくて、心強くて、辛《つら》かった気分がものすごく軽くなったのを今でも覚えている。

……だが。

「ええ、はい。その件は……申し訳ありません」

ユイの看病をする合間に、ミナは何度も電話に出て謝っていた。

後でミナの会社の社員に聞いて知った事だが、ミナがユイの看病に出向いている間に、他の会社に契約を取られてしまい億単位の契約を取り逃したらしい。

ああ、自分はなんてことをしてしまったんだろう。

とユイは思った。

父親があれだけ辛い思いをして応援している母親の仕事を邪魔してしまった。

それから数年後、父親は病院で息を引き取った。

母親は、ほとんど家に帰らず仕事に没頭するようになった。

ユイも父親の見舞いに行くことがなくなり、いよいよ一人でいる時間ばかりになったのだった。

◇

「でも……寂しいなんて絶対に言わない。お父さんがそうしたみたいに、わたしはお母さんの負担にはならないって決めたから。だってお母さんは優しいから、きっとまたわたしのためにお仕事置いてきちゃうもん」

「……ユイちゃん」

ユイの話を聞いた小鳥は、何を言ったらいいか上手《うま》い言葉が思いつかなかった。

ただ、小さな子供だけれどもその決意は本物なんだなと思った。

ユイの目は出会った頃に見たものと同じ、意志の強さを感じさせるものだった。

たぶん自分が何を言ったところで変わらないだろう。

それこそユイの母親本人でもなければ……。

「ユイちゃんは、本当に優しい子ですね」

小鳥にできるのはただ、この優しくて強い少女の頭を優しく撫でることだけだった。

目線をスマートフォンを隠した方に向ける。

（……あとは頼みますね、結城さん）

◇

「……娘さんとの会話を隠し撮りしてしまってすいません。でも、どうしてもユイの気持ちを伝えたかったんです」

　結城は動画を再生し終えると、ミナの目の前で動画のデータを削除した。

　ユイの本心は伝えたのだ、もうこの動画は必要ない。

「……」

　ミナはしばらく呆然《ぼうぜん》としたように黙っていた。

　そして。

「……なによタクのやつ。カッコつけちゃって」

　そう言って小さく笑った。

　ミナはスッとベンチから立ち上がって言う。

「結城くん、残念だけど急用ができたからデートはここまでね」

「はい。俺の方こそお時間取らせてすいませんでした。俺は先輩がバイト先まで送ってくれることになってるんで帰りの車は大丈夫ですよ」

「……そう、ありがとうね」

　ミナはそう言い残すと、結城に背を向けて氷堂の車の方に歩いていった。

「今の時間だと、たぶんユイは小鳥と一緒に引っ越しの準備してると思いますよー!!」

　結城はミナの背中にそう言った。さあ、自分たちのやるべきことはやった。

　あとはあの親子がどうするかだけだ。その結果がどうなろうと、自分と小鳥はそれを受け止めると決めている。

「……さて、先輩来るまでにもうちょっと打つかな」

結城はミナにもらった千円の余りをメダルに換えてバッターボックスに入ると、久しぶりにバットを構えるのだった。

◇

ミナは駐車場で待っていた氷堂の車の後部座席に乗り込んだ。

「久しぶりのバッティングセンターはいかがでしたか？」

氷堂がいつもどおりのフラットな声音でそんなことを聞いてくる。

「いい気分転換になったわ、それよりも目的地だけどオフィスじゃなくて……」

「ご自宅ですか？」

「……」

ミナは驚いてミラー越しに氷堂の顔を見る。

いつもの能面のような顔が、少しだけ意地悪そうに緩んでいた。

「社長はもっと、自分のプライベートな事情を我々に押し付けてくださっていいですよ」

「そう……いつの間にか、また一人相撲してたかしらね」

……ねえタク。やっぱりアンタがいないと、アタシは上手くやれないわ。

と、心の中で亡き夫に語りかける。

「出発します」

氷堂はいつもの調子に戻り、正確に方向転換をして道路を走り出した。

高級車が静かに走行する音を聞きながらミナの脳裏を巡るのは、ユイを妊娠した時の記憶だった。

最初は「ああ、やっぱりするんだな妊娠」といった感じだった。

もちろん、できてもいいつもりでやることをやっていたのだから当然なのだが、生理も生来軽い方でなんとなく自分が妊娠するイメージが湧きにくかったのだ。

ところが子供を産むというのは本当に厄介なもので、つわりで吐き気はするわ、お腹はでかくなって重いわ、ホルモンや神経のバランスが乱れて情緒が不安定になるわで、仕事に支障をきたすことばかりだった。

なんで神様のやつはいちいちこんな面倒くさい思いをしなければ子供を産めないようにしたんだ、ふざけているのかと毎日思っていたものである。

特に産むときはシンプルに痛かった。

クソッタレが、もう二度と妊娠してたまるかという怒りを燃料に痛みに耐えてなんとか子供をひり出したものである。

だが、たった今この世に生を受けた我が子を見たとき。

（……ああ、こんなに可愛いものなのね）

そう、月並みな感想になってしまうが……お腹を痛めて産んだ我が子は可愛かった。

すごく可愛かったのだ。

ものすごく。

出産の痛みなんて消し飛ぶほどに。

小さくて、手足が短くて、放っておいたらすぐに死んでしまうのがわかるくらい弱くて、そんな存在が愛《いと》しかった。この子には幸せに育ってもらいたい。そう思った。

自分のように生みの親を恨んでそれをモチベーションにする人生じゃなくて、誰かが側にいることが嬉《うれ》しいと、そう思える人生を過ごしてほしい。

だから名前はユイ（結）。

『大切な人との結びつきのなかで幸せに過ごせるように』という思いを込めてミナがつけた名前だった。

そして自分は娘がそう思えるような温かい家庭を作れるような親になろう。

その時は確かに、そう思っていたはずだったのだ。

「……すっかり忘れてたわね、あの時の気持ち。ほんとどうしようもない母親だわ」

ミナは自《じ》嘲《ちょう》気味にそう呟《つぶや》いた。

「着きました」

氷堂がそう言って車を停車した。ミナは車を降りると、アパートに向かって歩いていく。

我が家への帰り道のはずなのに、まだ見慣れない景色の中だ。

それはそのまま、どれだけ自分が娘と向き合うことを避けてきたかの証明である。

ミナは一歩一歩アパートの階段を上っていく。

ずいぶん遅くなってしまったが、今度こそちゃんと娘に向き合うという決意とともに。

鍵《かぎ》を開けて家の中に入ると、結城の言ったとおり娘は小鳥と一緒に引っ越しの用意をしていた。

テレビの前に置いてあったゲームをちょうど段ボール箱にしまうところだった。

急に現れた自分に驚くユイ。小鳥の方を見ると、小さく頷《うなず》いてミナが話しやすいようにユイの側を離れた。本当にできた子だなと思う。

ミナは自分の娘の真正面に座った。

「……どうしたの？」

久しぶりに目を合わせて話した気がする。今まで話すときはどうしても顔を見て話せなかったから。

「ねえユイ……言ってなかったことがあるんだけどさ」

「……うん」

「アタシは、アナタにアメリカに一緒についてきて欲しいと思ってるわ」

突然告げられたミナの言葉にユイは目を見開く。

「……ほんとうに？」

「ええ、そうよ」

ミナは目をそらさず、真っすぐに娘の目を見て言う。

「もし、ユイがよければ……お母さんと一緒にいてくれる？」

「……」

ユイはしばらくその場で固まってしまい、何もしゃべれなかった。だがやがて。

「……うん」

と、小さく頷いた。

「いいの？　せっかく仲良くなった結城くんや小鳥ちゃんと一緒にいられなくなっちゃうけど、それでも、アタシなんかと一緒にいたいと思ってくれるの？」

「うん」

ユイは瞳《ひとみ》に涙を滲《にじ》ませながら言う。

「お母さんは、声が大きくて、ちょっと乱暴で全然帰ってきてくれないけど……でも一緒にいたい……」

「ユイ!!」

ミナは自分の娘を抱きしめた。

赤ん坊の時に抱いて大泣きされて以来、また嫌がられるのが怖くて触れられなかった娘の体は、いつのまにか大きくなっていた。

「ごめんね……お母さん臆病《おくびょう》で、アナタの気持ち分かってあげられなくて……」

「おしごとの迷惑になるかもしれないけど、それでも……お母さんと一緒にいたい」

ユイの瞳から涙が流れる。

強くて優しい小さな少女のずっと堪《こら》えていた寂しさが、大粒の涙になってその頰を伝う。

「うん、アタシも。ホントはね……ずっと、ずっとこうしたかったんだから」

今度は娘は抱きしめている自分を拒絶しなかった。

自分の腕の中で静かに涙を流すその愛しい存在を、ミナは優しく抱きしめ続ける。

ふと前を見るとそこに亡き夫の面影が見えた気がした。

（……タク、アンタがいないと自信ないけど、これからはアタシなりに頑張ってみるわ）

そう心の中で語りかけると、卓也《たくや》の面影は懐かしいあの穏やかな笑みを浮かべたのだった。

エピローグ　結城と小鳥

ユイとミナがアパートを出て一週間が経った。

結城《ゆうき》の生活はこれまで通りに戻っていた。

朝早く起きて学校に行き勉強して、夜遅くまで働いて、帰ったら小鳥《ことり》と一緒に過ごして寝る。時々あの金色の髪と小さな体を思い出して、少し寂しい気分にもなるが概《おおむ》ねユイが来る前に戻ったと言っていいだろう。ただ……元通りとはいかないことが一つあった。

「……ちょっとアンタ!!」

結城は昼休みに学校の廊下でなんとなく聞き覚えのある声に呼び止められた。

「ん？　ああ、確かお前は小鳥の同級生の」

「吉田《よしだ》よ!!　吉田小百合《さゆり》。まあ、ウチの名前はどうでもいいのよ」

この髪を染めてパーマをかけた垢《あか》ぬけた女子は、確か小鳥のクラスメイトで友達だったはずだ。

「アンタ小鳥に何かしたんじゃないでしょうね？」

「え？」

「ここ最近あの子元気無いのよ。話しててもどこか上の空だし……」

「あー」

　結城には思い当たる節があった。

「そうか。やっぱりそうだよな……」

「『やっぱり』ってことは、アンタなんかやったのね!!」

　吉田は結城を睨《にら》みつけるようにして言う。

「あの子は優しい子なのよ。何か辛《つら》いことがあっても我慢しちゃうような……だから彼氏だからってアンタがそこに付け込んで、あの子を苦しめるようなことしてるんだったらウチは絶対に許さないわよ」

　ガルルという唸《うな》り声が聞こえてきそうな剣幕《けんまく》で結城に詰め寄る吉田。

　容姿が整っていて気の強そうな顔立ちをしているため、中々の迫力である。

　だが結城はそれ以上に安心した。

「……お前、いいやつだな」

「はい？」

　きょとんとした顔をする吉田。

「これからも小鳥の友達でいてやってくれよ」

「そんなの当然じゃない。あの子はアタシの生涯の親友よ!!」

「小鳥が転校してきてまだ二か月くらいしか経ってないんだが……」

結城は少し呆《あき》れたようにそう言った。まあ、何にせよ好かれているようで何よりである。

「でもそうだな、なんとかしなくちゃだよなあ」

結城はそう呟くのだった。

◇

その日の夜。結城がバイトから帰ってひと風呂《ふろ》浴びた後、小鳥が食事の準備をするまで机で勉強をしていると。

ガシャン。

と台所から大きな音がした。

結城は何事かと立ち上がって、急いで台所の方に歩いていく。

「小鳥、大丈夫か？」

「……はい。お騒がせしてすいません。それからお皿も」

小鳥の目線の先には、結城がいつも使う皿が、床に落ちて半分に割れていた。

「それはいいよ、そんなことより怪我はないか？」

「あ、はい……大丈夫です」

いつも結城からしたら丁寧すぎるくらい丁寧にキッチリと家事をこなしているのだが、ここ最近はこういうことが多かった。

原因はよくわかっている。ユイがいなくなったからだ。

小鳥はユイがいなくなってから、家事をしていても時々どこか上の空なのである。

まあ、仕方ないとも思う。小鳥はユイをあれだけ可愛がっていたのだから。

そのうち元の調子に戻ると思っていたが、思ったよりもユイのことを引きずっているみたいだった。

「うーむ」

割れたお皿を拾っている姿を見ながら心配になり、どうしたものかと考える結城。

（……ああ、そういえば）

結城はあることを思い出した。

そういえば前にユイと三人で眠って以来、小鳥と一緒に寝ていなかったなと。

「なあ、小鳥」

「なんでしょう？」

「今日は久しぶりに一緒に寝ないか？」

人がいなくなって寂しいなら、自分がいつもよりも長く側にいてあげれば少しはマシになるかもしれない。単純な発想だが、それくらいしか結城には思いつかなかった。

◇

結城は寝る準備を終えると、小さい明かりだけつけてベッドに横になった。

「ほら小鳥」

自分の隣に小鳥を手招きする。

「……えっと」

小鳥は恥ずかしそうにモジモジしていた。

「な、なんだよ。もう何回か一緒に寝てるだろ」

薄いピンク色のパジャマ姿でそんなリアクションを取られると、非常に可愛くて困る。

「でもその……改めて結城さんに誘われると照れくさくて」

「前のときは自分から誘ったじゃないか」

「あ、あれはその場のノリと勢いで、二人っきりじゃなくてユイちゃんもいましたから」

小鳥はハッとして俯《うつむ》く。

「そうです、ユイちゃんもいたんです……」

「……小鳥」

これは結構重症だなと思った。

ならばこそ、今は彼氏として安心させてやらないといけないだろう。

結城は小鳥の手を優しく取ると、自分のほうにゆっくりと引き寄せた。

それに導かれるようにベッドの上に倒れこんで来た小鳥の体を、結城は抱きとめる。

小鳥の華奢《きゃしゃ》だけど柔らかい感触と、シャンプーのいい香りが結城の腕の中に納まった。

「……やっぱり、ユイがいなくなったのは寂しいか？」

「……はい」

小鳥はベッドの上で結城の胸に体を預けながらそう答えた。

「だからこそ、俺は小鳥は偉かったと思うよ。ホントはユイに残ってほしいのに、ユイのためにミナさんの誤解解くの手伝ってくれてさ、引っ越す日も最後まで笑顔で見送ったじゃないか」

そう、小鳥は自分で言った通り、ユイを笑顔で送り出したのだ。

自分が去ることで小鳥が悲しむということを、ユイに意識させないように。

「たださ。俺はユイを送り出したあと、二人になってから泣くかと思ったんだよな。でも、小鳥は泣かなかった」

結城は小鳥の髪を優しく撫《な》でる。

「別にいいんだぞ、辛かったら泣いても。もうユイはいないんだから」

「結城さん……ありがとうございます。でも、ちょっと違うんです」

小鳥は小さく首を横に振った。

「ユイちゃんがいなくなったのは、確かに寂しいです。でもあれでよかったと思いますし悔いはないんです。ただ……ユイちゃんがいなくなってからちょっと怖くなって」

「怖くなった？」

「はい」

そして小鳥は今にも泣きだしそうな震える声で言った。

「お母さんも、お父さんも、ユイちゃんも、私が大切に思う人は皆私の前からいなくなってしまうんじゃないかって……」

「ああ……」

そうか。確かに小鳥がそう思ってしまうのも無理はないかもな、と結城は思った。

元々大好きだった母親を小さい頃に自分が原因で亡くしているのだ。

色々とあったがずっと一緒に住んでいた父親は今は刑務所の中、ユイもアメリカに行ってしまった。

「お母さんも、お父さんも、ユイちゃんも、皆いなくなってしまって」

確かに小鳥が一緒に過ごすような親密な人間は、ことごとく小鳥の側からいなくなっているのである。

「もしも、もしもですけど、結城さんまで私の前からいなくなってしまったら……って考えてしまって。もしそうなったら私は……」

小鳥は結城の背中に手を回してギュッとしがみ付いてくる。

その体も声も震えている。

「結城さんは、側にいてくれますよね？　私から離れていったりしませんよね？」

「……当たり前だろ」

「怖いです……怖い」

小鳥は……泣いていた。大粒の涙をボロボロと流して。

（……今の小鳥に何を言っても、きっと不安は消えないだろうな）

結城はそう思った。

言葉でずっと一緒にいると言っても、実際に今まで皆小鳥の側から離れていってしまったのだから。だいいち、これから先もずっと一緒にいられるとは保証しようがない。それこそ、小鳥の母親のように事故で突然ということもあるのだから。

だけど……決してそれを証明も保証もできないとしても。

「小鳥、顔を上げてくれ」

結城がそう言うと小鳥は、ゆっくりと顔を上げた。

泣き腫《は》らした目元が赤いが、それも含めてやっぱり自分の彼女は可愛いなと改めて思う。

「目、閉じて」

「え？　はい、分かりました」

小鳥が言われた通り目を閉じる。

「小鳥、愛してる」

結城はそう言うと、自分の唇を小鳥の唇に重ねた。

「……んっ」

小鳥は最初驚いて体をピクリとさせたが、やがて何が起きているのか分かったのか体の力を抜いて結城に身を預ける。

愛《いと》しい彼女の唇の感触は柔らかくて、自分との距離が無くなってしまったような感覚が心地よい。

何秒かそのまま心地よさを味わっていたが、やがてゆっくりとお互いに顔を離した。

「結城さん……」

小鳥は驚いたような表情でこちらのほうを見ていた。

「なあ、小鳥。この先どうなるかなんて誰にも分からないと思うんだ。だから俺は、これからもずっとお前の側にいるなんて保証はできない」

頷《うなず》く小鳥。小鳥もそれを分かっているからこそ、不安なのだから。

「だけどな」

結城は小鳥の目を真っすぐに見つめて言う。

「それでも保証なんかなくても俺は誓うよ、俺はずっとお前の側にいる。どこにもいかない、望むなら一日でも小鳥よりは長く生きてやる」

結城はハッキリと力強い声でそう言った。

なんの保証も根拠もないからこそ、どこまでもハッキリと力強く。

「ずっと一緒にいてくれ小鳥」

「……」

結城の言葉を聞いて小鳥は無表情でしばらく黙り込んでしまった。

そんな様子を見て結城は……。

（あれ、やべ。ちょっとはやまりすぎたか？）

などと思った。

考えてみれば、今自分が堂々とのたまった言葉の数々はほとんどプロポーズのようなものではなかろうか？

それもだいぶ気合いの入った部類のやつである。

さすがにまだ高校生なのに、いきなりそんなことを言われたら混乱するだろう。

「あっと小鳥、今のはそんなに重く捉《とら》えなくてもいいんだぞ、こうなんというか決意表明というか青春の一ページというか……うお!!」

小鳥がまた結城に抱きついてきた。

しかもさっきよりも抱きつく力が全然強かった。さっきのが「ギュ」くらいなら、今回は「ギュ——ッ」くらいの感じである。

「ダメです、重く捉えます」

小鳥は有無を言わせぬという感じでそう言った。

「聞きましたからね、約束しましたからね。一生側にいてくれるんですね？　私よりも一日でも長く生きてくれるんですね？」

「お、おう。もちろん」

結城としても別に嘘を言ったつもりもないし、適当な気持ちで言ったつもりもない。

「てか、いいのか？　一生って、いや俺は嬉《うれ》しいけども」

「もちろんです。なんなら明日婚姻届を出しに行きましょう」

「いやいや、そもそも俺まだ十七歳だから!!」

「私のワガママを聞いてくれるんじゃなかったんですか!!」

「法律の問題だからな!?」

久しぶりの二人で眠る夜は、そんなこっぱずかしいやり取りをして更けていったのだった。

「いやー、それにしても小鳥が元気になってよかったよ」

「そう、よかったわね」

あれから数日経った。

結城は昼休みにいつも通り小鳥の作った弁当を広げて、後ろの席に座る大谷《おおたに》と話す。

「確かに先週あたりは、アタシが話しかけてもどこか上の空って感じだったしねえ。かと思ったら、今日の二限の移動途中に会ったら向こうからちょっとおかしいくらいのテンションで話しかけられたわ」

あの夜から小鳥はすっかり元の調子を取り戻した。

それどころか、前よりも元気百倍といった感じである。

結城の本日の弁当もやたらと凝っており豪勢だった。

「急に元気になりすぎてビビったわよ。結城いったいアンタなにしたのよ？」

「え？　あーいや何というか」

キスして永遠の愛とか誓いました。

とか言ったら絶対にアホを見る目で見られそうである。

（……しかしあれだな）

考えてみれば、とうとうキスしてしまったな。

先月まではどうやってキスまでもっていけばいいか分からないとか言ってたのに、いくときはいくものである。

柔らかかったなあ小鳥の唇、キスを待ってるときの目を瞑《つぶ》った顔もすげー可愛くて。

「……ふふふ」

思い出すと顔がにやけてしまう。

「何よ気持ち悪いわね」

大谷は呆《あき》れたようにそう言った。

その時。

「翔子《しようこ》ちゃーん」

やたらと清涼感のある声が聞こえてきた。

教室のドアを開けて入ってきたのは藤井《ふじい》亮太《りようた》である。

イケメンで190センチを超える長身で、成績優秀でコミュ力が高くて、おまけに野球部のエースであるという非常にハイスペックな同級生だが、何を思ったのか大谷にぞっこんという変わり者である。

そう言えばここ最近はよく見かけていた、昼休みのたびに大谷に告白して振られるという恒例行事を見ていなかった気がする。

藤井は大谷に手を振ると。

「今日も部活終わったらねー」

「はいはい。あんまり遅くなるようなら連絡しなさいよ」

「翔子ちゃんへの愛を綴《つづ》ったメッセージと一緒に送るよ」

そう言ってウインクする藤井。

「やめなさい、履歴削除するのがめんどくさいでしょ」

相変わらず辛辣《しんらつ》である。

しかし藤井もいつものことなので特に気にした様子もなく、大谷の返事を聞いて嬉しそうに微笑むと「じゃあ、またねー」と、教室を去っていった。

あのメンタルは見習いたいような見習いたくないような気がする結城だった。

「てか大谷、今日は藤井と放課後待ち合わせしてんの？」

「ええまあ、最近よく一緒に帰るわよ」

「へえ、珍しいな。試験も近づいてきたし勉強でも教えてもらってるのか？」

大谷は基本成績は平均点を超えているのだが、いかんせん数学だけが壊滅的で毎回追試を受ける羽目になっている。

「別にそういうわけじゃないけど。あら、そういえば言ってなかったかしら？」

「何を？」

「藤井と付き合うことにしたのよ」

「ふーん、あ、小鳥からメッセージ来てる」

送られてきたのは『ユイちゃんが写真を送ってくれました!!』というメッセージと、ユイとミナがアメリカで一緒に旅行して仲良く並んでいる写真だった。

どうやらあの親子は上手《うま》くやっているようだ。

よかったなユイ。

と、遠い場所にいる少女に向けて心の中で呟《つぶや》いた。

「……ん？」

「どうしたのよ？」

「大谷、悪いけどさっき言ったこともう一回言ってくんない？」

「藤井と付き合うことにしたわ」

「へーそうなんだ」

「そうよ」

「なるほどねー……」

「……」

「……」

「……」

「はいいいいいいいいいいいいいいいいいいいいいいいいいいいいいいいいいいいい!?」

うう、ついにアタシも友達とお弁当を昼休みに食べる日が……
いただきます!
あははは
わぁ!!吉田さんのお弁当、カラフルで美味しそうですね
自分で作ってるんですか?
どや!
ええ、もちろんよ
いつか、友達とおかずを交換することを夢見て、
毎日毎日研究を重ねてたわ
まあ、結局一年間そんな日は訪れなかったけどね、フフフ……
ずぅん
あ、あの、私のでよければ交換しますか?

あとがき

皆様お久しぶりです。岸馬《きしま》きらくです。

『とびじょ』二巻、お楽しみいただけたでしょうか？

それにしても、相変わらず黒《くろ》なまこさんの挿絵は神過ぎてため息が出ますねえ。今回は特にユイとミナを魂込めて描いていただき、岸馬も思わず感嘆のため息が漏れます。

あとなんと言っても、今回はらたんさんのキャラクターデザイン力が光りました。岸馬が送ったガバガバデザイン指定を見事にビジュアルに落とし込んでくれており、デザインのラフが届いたときは、思わず部屋で一人スタンディングオベーションしたほどです。

本作は素晴らしいクリエーターたちに支えられているんだなと改めて感じました。

さて、最後に。作者としてもなかなか衝撃的な引きで終わった二巻ですが、三巻はもちろんあのキャラをメインにした話になります。お楽しみに。

とびじょ2巻
発売おめでとうございます!
挿絵を描いている最中も涙でぐしょぐしょでした…。
とびじょと出会えて本当に良かったです!!

2巻発売
おめでとうございます!
主人公カップルも新キャラ達も
全員目が離せません!
Kotan

飛《と》び降《お》りようとしている女子高生《じょしこうせい》を助《たす》けたらどうなるのか？2

著　岸馬《きしま》きらく

角川スニーカー文庫　22805

2021年9月1日　初版発行

発行者　青柳昌行

発　行　株式会社KADOKAWA
〒102-8177 東京都千代田区富士見2-13-3
電話　0570-002-301（ナビダイヤル）

印刷所　株式会社暁印刷
製本所　本間製本株式会社

Printed in Japan　ISBN 978-4-04-111121-5　C0193

★ご意見、ご感想をお送りください★

〒102-8177 東京都千代田区富士見2-13-3
株式会社KADOKAWA　角川スニーカー文庫編集部気付
「岸馬きらく」先生
「黒なまこ」先生／「らたん」先生